ハヤカワ文庫 SF
〈SF2225〉

宇宙英雄ローダン・シリーズ〈591〉

冷気のエレメント

マリアンネ・シドウ&アルント・エルマー
畔上 司訳

早川書房
8333

PERRY RHODAN
DIE CLANSMUTTER
DAS ELEMENT DER KÄLTE
by
Marianne Sydow
Arndt Ellmer

Translated by
Tsukasa Azegami
First published 2019 in Japan by
HAYAKAWA PUBLISHING, INC.
This book is published in Japan by
arrangement with
PABEL-MOEWIG VERLAG KG
through JAPAN UNI AGENCY, INC., TOKYO.

目次

冷気のエレメント

門閥の母

マリアンネ・シドウ

登場人物

フ＝ドゥルナデ……………………………スコプ。門閥の母
スティラ……………………………………ヴォーチェ人。フ＝ドゥルナデの第一護衛
アハニー……………………………………同。スティラの里子
レッカム……………………………………同。水族館の通信ステーション担当
スティログ…………………………………同。反乱者のリーダー
プカ…………………………………………同。フ＝ドゥルナデの護衛
ションドログ………………………………クロヴ

1

「助けを呼んでもいいと、いってください」ヴォーチェ人のスティラが、フ＝ドゥルナデの病床でたのみこむ。「今回は、わたしたちだけでは克服できません。従来の薬ではどうにもならないのです。スティログはあなたの死だけを待っています。かれの野望を実現させてはなりません！」

スティラはしばらく答えを待った。だが心のなかでは、もしフ＝ドゥルナデがこのまま沈黙をつづけたら独断で助けを呼ぼうと、それだけを考えていた。ほかの看護師たちが自分の味方をすることはわかっている。

そっとその場を去ろうと思った瞬間、患者の声が響いた。

「嘆くのは早すぎる、おろか者」フ＝ドゥルナデがそう口にしたので、スティラはからだがこわばった。熱に浮かされてつぶやいた言葉とは思えない。「おまえを第一護衛に任命したのは、さしあたり困難が生じたときにわたしを見捨てるからだと思うか?」フ=ドゥルナデはそういったが、その声はまるで古代からのお告げのようだった。スティラは驚きのあまり、肌が湿膜でおおわれたのを感じた。

「わたしはあなたの従者です!」おびえたスティラが叫ぶ。「お許しください。でも、とにかく心配なんです。あなたのからだの調和が失われているのに、だれにも救うことができない……」

「わたしのからだの調和など、おまえにわかるはずはない!」軽蔑の口調だ。「おまえたちの薬をのんでいたら、きっと死んでしまう。わたしは病気でなく疲れているだけだ、スティラ」

スティラは女主人を疑いの目で見つめた。

「アルマダ中枢が沈黙している」フ=ドゥルナデが言葉をつづける。苦悶の色がにじんだ声だ。スティラは、なすべきことがようやくわかった。主人は悲しんでいるのだ。だから、その悲しみを消さなければ。

スティラは、ペダル式のシロフォンに近づいてその前で立ちどまり、フ=ドゥルナデの反応を見た。

「砂漠の風の歌と、舞い落ちる砂の歌を聞かせておくれ」フ=ドゥルナデが小声でそういい、うしろに倒れこんだ。からだをおおい、少し逆立っていた鱗《うろこ》は張りが失われて、皮膚にぴったりとはりついている。その姿を見て、スティラはあらためて不安をおぼえた。

「衰弱していますね」スティラは考えこむようにいった。「でも、しっかり食べれば元気が出ますよ……瞑想をするのは、そのあとです」

「わたしを思ってくれているのはわかる」フ＝ドゥルナデがつぶやく。「でも、おまえはわたしのことをほとんど知らない。瞑想は今後わたしにとって、飲食物のようなものになる。いままで長いあいだそうだったように。わたしは自分の出自の場所にもどりたいのだ。わたしがその名前を授けられた場所に。さ、さっきたのんだ歌を演奏しておくれ！」

その言葉が嘘だということをスティラは知っていた。患者の体調を悪化させている高熱は、瞑想でとりのぞくことなどできない。すくなくとも看護師たちはそう思い、フ＝ドゥルナデの健康状態を、ほかの女護衛たちが考えているよりも重いと見ている。

その女護衛たちは、自分たちが冷遇されていると感じていた。熱に浮かされて譫妄《せんもう》状態のフ＝ドゥルナデが呼びかけるのは、スティラばかりだったからだ。だが、スティラはそんな女護衛たちを軽蔑していた。彼女たちは、主人のために演奏して瞑想に導くことを人生の目標と思っている。天にも昇るような心地で瞑想からさめると、フ＝ドゥルナデはたいてい、みごとな演奏を披露した者たちにさまざまな特権を認めてやるからだ。

スティラは演奏したくなかった。主人の体調が瞑想によって悪化するのを恐れたからだ。だがそうはいっても、砂漠の風の歌を完璧に演奏できる女護衛はスティラ以外いない。彼女は思った。わたしがうまく演奏し、瞑想時間があまり長くならないようにすれば、フ＝ドゥルナデはいつものように心地いい気分で目ざめ、わたしの願いを聞き入れてくれるかもしれない……

自分がどのような願いを口にするか、スティラにはわかっていた。〝門閥たちに助けをもとめたいのです〟と、いいたいのだ。きっと、かれらが最高の治療師を派遣してくれるだろうから。

その願いをフ＝ドゥルナデは拒否しないだろう……ただし、砂漠の風の歌と舞い落ちる砂の歌をスティラがみごとに演奏しさえすれば。

スティラは、めったに使われない、鈍いグレイに見えるシロフォンに片足を乗せた。不思議な歌がちいさな音で流れ、中央部屋に満ちていった。スティラはその音にじっと耳を澄ませ、自身もトランス状態になる。シロフォンに合わせて慎重に、ゆっくりと刺激的にリズムをとりはじめる。その足もとからは、なんともいえない調べが生まれた。ある惑星の風景を奏でる調べが……

＊

惑星フ＝ドゥルナデでは砂漠の風が吹いていた。乾燥していながら液体のようにも見える砂が、ドネシュの窪地をこえてしたたり落ちる。グ＝ロムは自分の洞窟前にすわって、いつもどおりその砂を眺めていた。砂はだいじなもの。どんなにたいせつにしてもしすぎることはない。しかし、グ＝ロムが関心をよせているのは、このどんよりした晩の光景ではなかった。ドネシュの窪地の中央に、ある物体があったのだ。それは子供のいないグ＝ロムにとり、子孫の代役になるものだった。

グ＝ロムは賢者を演じるには若すぎたし、探検家になるには年をとりすぎている。まだ若かったときには、子供がいないことがスコプ種族の一員にとってなにを意味するかも知らずに、おろか者となる生涯を歩んでいた。その後かれは、この惑星フ＝ドゥルナデのなかでも砂漠しかない地域におもむいた。ここには居住に適した窪地がない。したたり落ちる砂に対抗するスコプもいなかった。だが、それでも砂の被害を受けない窪地は存在する。グ＝ロムは、先に述べたおろか者の報告書を一読し、自分はそうした者たちとは違うと思った。おろか者たちは、砂とり罠をつくったりそれを監視したりする必要のない、楽園のような窪地を夢みていたのだ。

他者とグ＝ロムとの違いは、第一にグ＝ロムが賢かった点にある。

かれが〝自分の〟窪地に到達したとき、そこは春だった。北の方角には荒涼とした険しい山脈がそびえていたが、山腹はおだやかで多彩な色に輝いていた。どうやらその山脈は雨がまれにしか降らないようで、水の一部は傾斜した岩石層に沿って窪地に達し、砂の上層に浸透していく。そういうわけで、多彩な花々のじゅうたんの中央に堂々たるダールの木が生え、周囲は砂漠の植物だらけなのだ。その大半は数日のうちに開花して実を結ぶが、できた種は何年も次の雨を待つことになる。

その窪地にはグ＝ロムの期待どおり、居住者がいなかった。砂とり罠も必要ない場所なのに、だれもいない。グ＝ロムは咲き乱れる花々には無関心で、ここに砂がない理由を見つけようと真剣になった。こうした見せかけの楽園のとりこになるほかのスコプと違い、かれは時間があまりないことを心得ていた。

ごくまれに数本の野草および、成長の早いダールの木の実を食べ、睡眠も瞑想もしないまま四日をすごしたのち、グ＝ロムはついに謎を解明した。〝賢者の石〟を見つけたのである。

窪地の周囲の険しい絶壁には、ごくありふれた洞窟が多数あった。だがそれはスコプの洞窟ではなく、かつてスカニクが住んでいたところだ。スカニクは惑星フ＝ドゥルナデのどの窪地にもいる原住動物だ。スコプはその存在を黙認し、両者は共存していた。スカニクは強靭《きょうじん》な牙《きば》を持ち、腹部は丸々とし、敏捷《びんしょう》な脚が何本もある。その脚を生かして餌《えさ》がある場所に行き、あらゆるものに嚙みつき、腹部で消化し、卵を産む。さらには、ねばねばした糸を分泌し、それを現場で食べられない餌に巻きつけて引っ張っていく。

たしかに小型の動物ではあるが、力がとても強い。だが、ときおり一種の誇大妄想に襲われることがあった。深い眠りについたり瞑想に沈んでいたりするスコプを見ると、即座に餌だと思いこんでしまうのだ。その結果、たいていは戦いになり……スカニクは殺される。

だが、スコプはスカニクを憎んでなどいない。とても温和で寛大な種族なのだ。スコプは砂漠界の住民だった。砂漠には生命体がすくないのだから、どんな生命も尊重するべきだと思っている。洞窟にスカニクが生息していることを知ったグ＝ロムは、たえず動いているようにした。スカニクが動く獲物を襲うことはないからだ。

動いているあいだに、かれは驚くべき発見をした。この窪地に住むスカニクは、餌を運ぶために糸を使うだけでなく、たえずしたたってくる砂から自分たちの洞窟を守るためにも使っていたのだ。かれらは、ねばねばした糸で砂とり罠をつくり、ひとたび砂漠の風がしずまると、窪地の縁に急いでのぼり、とらえた砂をそこに置く。それにより、ふたたび吹きだした風は、別方向に砂を飛ばすようになる。

このときグ＝ロムはまだ本当にとても若く、夢のような考えをいだいていたので、スカニクの行動に強い興味を持ち、妊娠中の雌一頭を捕まえた。スカニクの能力がスコプ種族にとって役にたつかもしれないと思って。自分のことを、すでに賢者の仲間入りをした名誉ある者だと考えていたのだ。その妄想からさめたときには、妊娠中の雌スカニクは、すでに檻《おり》を嚙みちぎって穴をあけていた。それだけでなく、ねばねばした糸でグ＝ロムをくるんだうえ、援軍を呼びよせた。グ＝ロムは雌二頭と雄一頭によって、スカニクが共同で使っている孵化用洞窟に引っ張られていった。

グ＝ロムは急いで糸から身をほどくと、後退し、この問題をあらゆる方面から考えようとした。そのさい、もちろん、たえず動きつづける。ついでにスカニクの観察をしていて、ふいに、かれらの砂とり罠に穴があるのが見えた。その付近を調べてみると、砂のなかに鉱物が見つかった。妙に不快な感じを起こさせる鉱物だ。即座に逃げたほうがいいと本能が告げたが、その気持ちをおさえて、鉱物の塊りを険しい絶壁から掘りだし、それをスカニクの猟区内に置く。かれ自身も、みずから生き餌《え》として身をさらした。だが、スカニクは一頭も近づこうとしなかった。

そこで、グ＝ロムはこの鉱物を〝賢者の石〟と名づけ、これを使って檻をつくった。妊娠中の雌を一頭なかに入れ、自分とスカニクとおなかの子供のために食糧を集めると、この重い荷物を引きずって、種族の住む窪地に向かった。

途中でスカニクは卵を産み落とし、死んだ。このような場合はたいてい死ぬのだ。卵から這いでてきた子供も、グ＝ロムが食糧を豊富にあたえたが死んだ。こうしてかれは檻だけを窪地に持ち帰ることになった。

スコプはきまじめな種族で、たがいをからかうことなどほとんどない。だから、グ＝

ロムと、かれが砂漠から持ってきた奇妙な檻のことをだれも笑わなかった。それどころか窪地の住民たちは、めずらしい材料でできた檻を見ようと次々に集まってきた。だが、ひと目見ただけで帰っていった。この異質な物体を見て、やはり不快感をおぼえたのだ……グ＝ロムのほうは、いつのまにか慣れていたのだが。その場にのこったのは一名の野次馬だけ。この窪地の出ではなく、はるか北の寒冷地にある大きな谷の出身で、そこには大きな工場があるという。そのスコプの名はフ＝ダール。めずらしい鉱物を探してあちこち旅をしているとのことだった。

フ＝ダールは、なんの役にもたたないその無用な檻を長いあいだ調べていた。それから急いで立ち去り、ちいさな箱を持ってもどってくる。そのとたん、かれが檻に近づくたび、小箱のなかでひゅうひゅうと気ぜわしい音がしはじめた。

「これをどこで手に入れた？」と、フ＝ダール。グ＝ロムは〝自分の〟窪地のことをよろこびいさんで語った。北からきたスコプはおおいに興奮し、ふいに走りだすと、奇妙な乗り物でもどってきた。

砂漠の窪地の住民は乗り物などほとんど知らない。すくなくとも、グ＝ロムがそれまでに見てまわった窪地ではそうだった。グ＝ロムが住んでいたのも……ひかえめにいっても……とても辺鄙《へんぴ》なところだった。かれはかつて遠方まで徒歩で移動したとき、生命体の列を見たことがあった。巨大なスカニクのように見えたので、かれは仰天してむやみに突っ走ったものだ。スコプ種族の伝説では、そうした巨大スカニクがいわば主役で登場する。反抗的な者を罰するために、神々がスカニクを遣わしたとされていた。だからグ＝ロムは、いま自分のほうに巨大スカニクがやってくるのを見て、恐怖のあまり、ふいに立ちすくんでしまった。

「これはマシンだ、ばかだな」と、フ＝ダール。「これできみの窪地まで行き、そこから北に向かうのさ。もし、きみの話が正しければだが」

グ＝ロムは冒険心に富んだスコプだし、理解力もすぐれていた。自分のふたつの頭を上手に使い、鱗をしっかり立てて、この〝巨大人工スカニク〟をじっと見た。

「きみは、これでチュンダの窪地やフリシュの窪地に行ったことがあるか？」グ＝ロムはおずおずとたずねる。

「ああ」フ＝ダールはそういいながら、巨大スカニクの腹のなかに檻を詰めこんでいる。「どこかのおろか者が、本当に巨大スカニクが砂漠をうろついていると話したんだ。そいつが見たのはわれわれのキャラバンの乗り物だったんだが、それを住民たちに納得させるのに、やや苦労したよ」

グ＝ロムは深いため息をついた。フ＝ダールが探しているものがなんであれ、それが〝自分の〟窪地で見つかればいいのだが。そうなったら、かれとともに北へ行くのだ。グ＝ロムはさしあたり、この近くにいたくなかった。なぜこの窪地の住民がかれに異生物やその乗り物について語らなかったか、いまようやくわかったからだ。

グ＝ロムは何度も、巨大スカニクが登場する話を聞かせた。それだけでなく、話をおおいに脚色した。辺鄙で退屈なこの地域の住民たちは話を聞いておもしろがり、かれを最上の洞窟に泊め、豪華なごちそうをふるまってくれた。かれはそこに滞在し、さらに話を脚色して語った。洞窟にはたいてい二、三名のかわいい女スコプがいて、ちやほやしてくれた。そうしたことが運よく悪い結果をもたらさなかったとはいえ、ともすればグ＝ロムは恥をさらして生きていくことになっただろう。どこか近くの窪地で、〝嘘つきグ＝ロムの息子〟という……あるいは〝娘〟でもいいが……あだ名の子供が走りまわっていたかもしれない。

それから長い月日が経過し、フ＝ダールと親友になったころには、グ＝ロムはその考えを変えたのだった。なぜなら、例の奇妙な檻はスカニクを殺しただけではなく、グ＝ロムの遺伝子を変化させてしまったからだ。鉱物の発する放射のせいで、かれは子孫をのこせなくなった。スコプ種族にしてみれば、子孫をのこさずに死ぬのはよくないこととされる。

だが、当初なにも知らなかったグ＝ロムは、嬉々として巨大スカニクに乗りこんだのだった。これで恥をさらさずにすむと思って。

奇妙なマシンは音をたてて窪地を去ると、グ＝ロムの告げる方角めざして砂漠地帯を全速力で走った。数時間後にはグ＝ロムの窪地に到着する。かれは魅了され、あらゆる不安を忘れた……こうした乗り物があれば、なんという速さで動けるのか！

「きみの話が本当なら、こうした乗り物を百機は買うことができるぞ。さ、早く確認してみよう」と、フ＝ダール。この言葉に応じて、グ＝ロムは窪地の絶壁を全力で掘り進み、砂をもうもうと吹き飛ばした。おかげで小型のスカニクたちはパニックとなり、四散していく。フ＝ダールが動きまわるあいだ、持っている小箱はひゅうひゅう鳴りっぱなしだった。

「これはつまり……」フ＝ダールがとうとう口を開いたが、それより先はひと言も口にせず、かわりに、巨大スカニクの腹から棒きれ、円板、傘のようなものをあれこれ引きずりだした。それらはまるで魔法のように、ちいさな塔になり、窪地の上端にひとりでに設置された。

「あれは標識灯だ」と、フ＝ダールが説明したが、グ＝ロムが理解できないでいたので、こういいそえた。「きみの窪地に向かう道をさししめすものだ。どんな方角からやってきても、ここだとわかる。ところで、きみは百をはるかに上まわる数の乗り物を買うことができるようになるだろう」

先に述べたように、グ＝ロムは当時まだとても若かったので、これを聞いて幸福に酔いしれた。

二名は巨大スカニクのなかにもどった。マシンは速度を増し……想像を絶することには……二枚の翼を傘状にひろげ、こんどは〝巨大スケル〟に変身した。エレガントに地面から浮上して北方へと飛翔していく。北にある大きな谷へ向かうのだ。この瞬間、グ＝ロムははじめてそうした谷の存在を信じた。

北方の谷の数々は、かれが想像していたよりもはるかに広大で、かつてスコプがもっと遠くの砂漠の窪地で見つけたよりも多くの驚異をそなえていた。グ＝ロムは乗り物を一機より多く手に入れることはやめにした。それを使って砂漠をくまなくまわるのではなく、大きな谷から谷へと移動するのだ。時の経過とともに、かれは熱中して学ぶようになり、放浪者から研究者へと変貌していた。

だが、グ＝ロムにはまだ放浪癖ものこっている。かれが窪地で見つけた鉱物は、スコプたちにとってありふれたものとなったが、とてもめずらしい品としてあつかわれていた。どこを探せばそれがあるか、いまやだれもが知っていて、エネルギーを産出するために使っている。居住者のいない窪地が、惑星フ＝ドゥルナデの消費全体を超えるエネルギーを供給していた。砂漠の住民であるスコプ種族はあらゆる浪費を嫌うので、余剰エネルギーを利用できるような目標を探しもとめている。いまや研究者となったグ＝ロムがめざすのは、まったくべつの遠方……つまり、空だった。晴れていて、ほとんどいつも雲ひとつない惑星フ＝ドゥルナデの空へ行くのだ。多くの星々が誘惑するように燃えている、これまでは行けなかった遠くの砂漠へ。

それゆえ、いまグ＝ロムはドネシュの窪地にある洞窟の前にすわっている。窪地の中央には、はじめて惑星フ＝ドゥルナデをはなれる予定のマシンがあった。グ＝ロムはできればこのマシンに乗りこみ、遠くの星々まで行きたかった。だが、しだいに年を重ねており、それはおろかな願望だと納得している。

「きみにはその権利がある」フ＝ダールが、いつのまにか洞窟に入ってきていった。

「スコプのなかで権利があるのはきみだけだ。わたしはきみを推薦する……だれも反対しないだろう」

グ＝ロムは、いつまでも流れ落ちる砂を見あげた。ドネシュの窪地は、スコプ種族が一度も住んだことのない場所のひとつだ。あちこちで砂が渦巻いたすえに、スカニクすら姿を消している。やがて砂が窪地を埋めつくし、ここは砂漠の一部になるだろう。しかし、いつかまた風が吹くようになれば、あらたに生まれた窪地になにかがあらわれるかもしれない。最初の植物や動物の栄養となるようななにかが……

「いや、フ＝ダール」グ＝ロムは冷静に告げた。「わたしはここをはなれない。わたしは掟を守る。いい掟だからな。スコプならだれでも知っていることだが、命はべつの命によって支えられている。そして、われわれの惑星には生命体はごく少数しかいない。浪費などできないのだ。わたしは遠い世界に行ってみたい……だが、それはなんとおろかな希望だろう！　わたしの心はあのマシンとともにあるが、からだはここから動かない」

「ならば、せめてわたしといっしょにこの窪地を出よう！」

グ＝ロムはつかの間、自分のからだを見やった。いっそうやせたし、ほとんど耐えがたいほどの痛みを全身にかかえている。

「なんのためだ？」グ＝ロムが友に訊く。「きみはわたしの苦しみを引きのばしたいのか？」

フ＝ダールは黙ったまま顔をそむけ、ドネシュの窪地の向こうにあるブンカーにもどった。

「マシンがスタートするぞ」フ＝ダールの声。

それからほどなくして、フ＝ダールはスコプの一グループに命令を発し、賢者グ＝ロムの炭化した遺体をドネシュの窪地の中央に埋葬した。したたり落ちる奇妙な砂が、すでに窪地を埋めつくそうとしていた。

2

踊りに没入していたスティラは、はげしいノックの音を耳にした。演奏を中止し、シロフォンからそっとはなれ、音がはっきり聞こえてきた出入口に目をやる。

「どなた？」と、スティラ。

「なかに入れて！」プカが怒って叫ぶ。主人の女護衛のなかでいちばんのうぬぼれ屋だ。

「わたしたち、フ＝ドゥルナデのそばにいたいのよ！」

「入れるわけにはいかないわ」と、スティラは答え、片足をねじ曲げてもよりのシロフォンに近づこうとする。「フ＝ドゥルナデはいま、砂漠の風の歌と舞い落ちる砂の歌を聞きながら瞑想中よ。じゃまをしたらいけない！」

「嘘だ！」

べつの声がして、スティラは驚いた。湿膜で肌がおおわれたのを感じる。あの声はスティログだ。彼女が生涯でもっとも忌み嫌う存在である。

「フ＝ドゥルナデは死ぬ」スティログがつづける。「いま死んでいなくても、もうすぐ死ぬのだ」

スティラはフ＝ドゥルナデのほうに目をやる。主人はふたつの頭をリラックスさせ、その鱗はからだに沿って張りついていた。あわれなほどやせ細っているが、それでも力と生きる勇気がかすかに感じられ、スティラは元気づけられる。スティラが演奏の最中に触れた数台のシロフォンが、いまなお余韻を響かせていた。次に聞きたい歌がなにか、フ＝ドゥルナデにたずねるまでもない。スティラはいままでよりも速くシロフォンの上で両足を動かし、探検家の歌に合わせて踊りはじめた……

＊

グ＝ロムの死から長い年月が過ぎた。ドネシュの窪地はもはや消えている。フ＝ダールも、ずいぶん前のことだが、生きとし生ける者の運命にしたがった。かれとグ＝ロムについては伝説がのこるだけで、ブライのホール内にちいさなブロンズ板が二枚置かれている。古老がグ＝ロムとフ＝ダールの話をすると、若くて無知なスコプたちは息もつかずに耳を澄ませた。そうした若者たちは、ブライのホール内に足を踏み入れる機会があると、二枚のブロンズ板を前にしずかに祈りを捧げるのだった。

グ＝ロムとフ＝ダールの栄誉はつねに称えられたが、同様にブロンズ板で記憶されている者がほかにも数名いた。初の宇宙ステーションを考案したス＝クロド、スコプのように思考・行動するマシンを発明したクス＝ミー、スコプのマシンが光より速く航行するための方法を見つけだしたク＝リンなど……

「そのマシンがべつの惑星で生命体を発見したというのは本当ですか？」ある日、責任感あるスコプの若者チ＝ライが、教師にそうたずねた。

教師シュ＝ドゥはじっと考えてうなずき、こういいたした。

「残念ながら、われわれはその生命体を近くから見たことがない。未知の生命形態と、われわれの惑星で発展を遂げた生命体とをくらべられたら、きっと興味深いだろうに」

チ＝ライもそう思った。

「これは、われわれ全員がずいぶん前から考えてきた難題だ」シュ＝ドゥが話をつづける。「だが、そうした生命体をフ＝ドゥルナデに連れてくることはできない……まずは、とても危険かもしれないからだ。次に、自然の微妙なバランスを崩してしまう恐れがある。同じ理由から、いますぐに別惑星での調査も実施できないでいる。われわれはそのためにマシンをプログラミングしようとしてきたが、今後もきっとうまくいかないだろう」

「でも、そのマシンはわれわれスコプとまったく同じように考えるはずです！」チ＝ライが反論する。

「そのとおり」シュ＝ドゥがあっさり肯定。「われわれスコプは未知の生命形態について充分には知らない。観測し、実験をすべきなのだ……せめてマシンでじかに接触できるならば！　だが、そうはいかない。距離が遠すぎるからな」

チ＝ライはしばらく考えこむ。シュ＝ドゥはその時点でもう、チ＝ライはこの話題に関心がないのだろうと考えた。だが、若者はふいにこう口にした。

「われわれには宇宙ステーションがあります。そこではマシンがわれわれの惑星を観測し、砂嵐に対する警告を発しています。もし、ほかのマシン類が作動できるような、はるかに大型の新しい宇宙ステーションを建造できるなら、そこに異生命体を連れてくることができるでしょう」

シュ＝ドゥは驚きの目で生徒を見つめ、

「たしかに」と、いった。「その場合、マシン類をプログラミングして、その未知惑星から適したものを持ってくるようにしなくてはならん」

「動植物ですね！」チ＝ライが感激の叫び声をあげた。「土のサンプルも……」

「温度を測定し、正確なデータを集めなければいかん」シュ＝ドゥが言葉をさしはさむ。

「ドネシュの窪地にかけて、それは大変な作業になる！」

「その価値はあります！」と、チ＝ライが主張。

「まだ決まったわけじゃない」シュ＝ドゥが生徒の興奮をおさえようとする。「この件については、とくと考えようじゃないか」

ふたりは熟考したが、考えれば考えるほど、克服すべき問題点は増えていった。やがて時が過ぎ、チ＝ライは尊敬される学者になったが、特殊な宇宙ステーションを構成する最初のマシン類が始動したのはかれの死後だった。とはいえ、その宇宙ステーションが完成したとき、それは惑星フ＝ドゥルナデの周囲にちいさな衛星のように浮かび、明るい夜にこの砂漠の惑星からはっきり見えたのだった。

その宇宙ステーションはスコプの言語でススラーと呼ばれた。〝水族館〟という意味だ。この名称は……すくなくともスコプ種族にとっては……まさにうってつけだった。このなかには全惑星に存在するより多量の水があると陰口をたたく者もいたが、それはもちろん嘘だった。ススラーはそれほど大きくない。だが、そこに収容されている多くの生命形態が一日に必要とする水は、ふつうのスコプが一生のあいだに摂取するよりも大量だったことは否定できなかった。

なぜそうなったかといえば、異星の水棲《すいせい》生物を集めようと考えたからだ。つねに乾燥した環境のなかにいるスコプにしてみれば、湿地や水中の生命体ほどエキゾティックなものはなかったのである。

水も、植物を成長させる土も、あるいは動物が栄養とする食べ物も、惑星フ＝ドゥルナデ由来ではなく、異星の生命体を集めてきたマシンがそこの自然環境からとってきたものだった。宇宙ステーション自体は技術の粋の結晶であり、細部にいたるまで計画された再処理設備によって長期間、補給なしに作動・運用できた。

そしてついに、異生命体がどう行動し、どう反応するか、スコプは自分たちの目で観察することができた……ただし、スクリーン上でだけだが。なぜなら、ススラー内に足を踏み入れた者はいなかったからである。

＊

それからまた長い年月が過ぎ、チ＝ライもシュ＝ドゥもブロンズ板としてブライのホール内に置かれ、ほかのスコプがススラーに関わるようになる。すると、いつも動植物ばかり観察するのは退屈だという者たちがあらわれた。かれらはデータ収集機をプログラミングしなおし、対象をより知的な生命体に切り替えた。だがこれは重大なミスだった。そうした生命体は、たしかにしばらくはそれまでの動物同様、自分たちの自然環境に合わせたせまくて閉鎖的な場所にいたが、しだいにそこを檻だと認識するようになり、脱出をはかるようになったのである。

惑星フ＝ドゥルナデの環境はきびしい。スコプが発展を遂げたのは、惑星の乾燥がすでにかなり進んだ時期だったので、種族は一度も人口過剰の問題に悩むことはなかった。この惑星では、あまりにも造作なく死んでいくからだ。スコプは戦闘種族ではなかったし、かれらの宗教は殺生《せっしょう》を禁じている。スコプは概してこの掟を守っていた……スカニクに対してだけは例外もあったが。しかし、水族館内の反抗的な知性体と比較すれば、スカニクのほうがずっとおとなしかった。

異変がはじまったことに気づいたとき、スコプは反抗的な知性体を故郷の惑星にもどそうとして努力をつづけた。だが、ついにかれらに死を宣告するしかないという結論にいたった。つまり、それらの知性体は快適な囚《とら》われの生活をつづけているうちに、自然の状態で生きていくことができなくなったと判断されたのである。かれらは狩りをしたり殺したりすることを忘れ、ススラー内には存在しなかった病気にかかった。

高度に発達した文明圏の出身者はごく少数だったから、かれらをもとの場所にもどすことは容易にできたはずだが、それはたった一度しか実現しなかった。そうした知性体種族はその後、スコプのデータ収集機を探しだしては、ことごとく破壊したのだ。おかげでスコプは長いあいだ、データ収集機を惑星フ＝ドゥルナデにとどめておかざるをえなくなる。スコプは、いつか自分たちの惑星をこうした異知性体が発見するのではないかと恐れた。かれらが復讐心に燃えていることに気づいたからだ。

だがさいわい、そうした危機は訪れず、そうこうするうち、数名の捕虜たちはしだいに檻から出て自由を手に入れた。やがて、そうした異生命体がススラーを支配するようになる。それでも、かれらが惑星フ＝ドゥルナデに降りてくる気配はなさそうなので、スコプたちはほっとしていた。

こうしてスラーの評判はしだいに落ち、生徒ももうブライのホール内に置かれたシュ＝ドゥとチ＝ライの名前が刻まれたブロンズ板に関心をいだかなくなる。その後輩も同様だ。過激な数名のスコプは水族館の解体を主張した。真剣ではなかったが、それでも、ブライの評議員のなかにはこうたずねる者もいた。

「こんなマシンを未知惑星に送りだすことになんの意味がある？　われわれスコプはそこに飛ぶことはできない。なぜなら、掟で禁じられているから……わたしはこの掟をまったく疑わない。だれもが知っているように、いい掟だ。なのに、宇宙航行がなんの役にたつのか？」

そのスコプはプ＝ランという名で、南方の豊かな窪地の出身だった。

「わたしがよろこんで答えよう、プ＝ラン」と、ク＝トゥ。ブライの大きな谷の出身だ。「きみたち窪地の住民がもう砂とり罠をつくらなくてよくなったのは、宇宙航行で得た技術のおかげだ。砂嵐が過ぎたあと、苦労して泉を掘り進む必要もない。宇宙航行にともなって発明されたマシンがやってくれるからな。幼児死亡率ももはや問題ではない。その結果、女は大勢の子供を産む必要がなくなり、すくなくとも一名が生きつづければよくなっている……これも宇宙航行のおかげ、すなわちスラーのおかげだ。こうした事例はほかにもたくさんある！」

「わかった」プ＝ランが平然と告げた。「宇宙航行がもたらした業績はわたしも高く評価している。しかし、もう充分だろう。いまはきわめて辺鄙な窪地にいてさえ、大きな谷の住民と連絡をとりあう手段が無数にある。われわれは、かつて祖先が夢みたよりも快適に生活するための手段を発明した。これ以上なにを望むのだ？　宇宙航行によって答えを見つけなければならない疑問が、まだあるというのか？」

しばし沈黙がつづき、スコプたちは頭を悩ませた。ク＝トゥも考えていたが、しばらくして沈黙を破ってこういった。

「まだ答えの見つかっていない疑問がひとつあることは、だれもがわかっている。その疑問は予言のかたちで伝えられた。このホール内にいるスコプで、その予言を正確にいえない者などいるか？」

だれも手をあげない。全員が重苦しい気分で沈黙している。

「あれは狂信者の予言だ」プ＝ランが怒ったように口ばしった。だが、その怒りは見せかけで、本当は不安なのだと、だれもが気づいている。「フ＝ドゥルナデはふつうの惑星だし、われわれの生活は以前よりよくなっている。宇宙空間にマシンを送りだすのをやめて、その労力をすべて、あらたな窪地をつくること、水源を開発すること、自然資源を活用することに費《つい》やせば、あの予言が実現することはない！」

「予言によると、フ＝ドゥルナデは老いた惑星だ」ク＝トゥがかまわずにいった。「惑星フ＝デに生命が存在できないのは今後も変わらない。ちいさすぎて、大気をたもてないからだ。一方、惑星フ＝ナドにはかつて生命体がいた……このことはマシンが送ってきた映像から明らかだ。だが、フ＝ナドは現在、ここよりひどい砂漠状態になっている。大きさはフ＝ドゥルナデと同じだが、恒星ナドからはなれすぎている。大気はあるが、熱をたもつことができないため、地表に酸化物として存在している気体を化学分解できないのだ。まさにその逆が惑星フ＝ドゥルで……ナドに近すぎるため、大気の温度と密度が非常に高い。もしスコプがあそこに行ったら、ひと呼吸しただけで死んでしまうだろう。だが、マシンの情報によると、フ＝ドゥルはゆっくりとだが冷えてきていて、前段階の生命が発達してきたそうだ」

ク＝トゥは周囲を見まわした。かれの鱗は恐怖と興奮のために大きくひろがっていた。「恒星ナドがどんどん冷えている」と、小声でつづける。「ということは、フ＝ドゥルナデも冷えていくわけだ。われわれ、かつてこの惑星に大きな海やひろい森林があったことを知っている。また、われわれより前にべつの知性体が文化を育《はぐく》んだことも知っている。なぜかれらが滅亡したか……それを究明しようとする者はいるか？　つまり事実は、ナドが冷えてきたということ。今後フ＝ドゥルでは生命体が発達するだろうが、フ＝ドゥルナデは滅亡するだろう。これこそ、われわれが答えを見つけるべき疑問なのだ、プ＝ラン！」

プ＝ランは動揺したが、はっきりとこういいきった。

「宇宙で答えを見つけるのか？　未知の惑星で？」

「フ＝ドゥルナデに関する答えがなにか、わかったな？」ク＝トゥがおちついた声で訊いた。「わかったなら、聞かせてくれ。全員がそれを待ち望んでいる」

「この疑問についての知識がある場所に向かってマシンを送りだす」プ＝ランが強い調子で発言した。「ことによると、そこに行けば答えが得られるかもしれない。同時に、いくつかの恒星に向けてもマシンを送るのだ。もしナドが冷えたとしても、それをふたたび熱くできる方法がなにかあるにちがいない！」

「恒星は焚き火ではないから、二、三本の枝を突っこめばいいというものではない」ク＝トゥがそういうと、ブライをはじめ多くの谷からきた科学者たちは賛意をしめした。

その夜、はげしい砂嵐がプ＝ランを襲った。かれの乗り物は岩に衝突して粉みじんになり、プ＝ランは痛みを感じる間もなく即死。翌日、スコプたちはかれの名を刻んだブロンズ板をブライのホール内に置いた。その直後、数基のマシンがあらたな命令を受けてスタートした。

その後、かれらはさまざまな試みを懸命につづけたが……答えは見つからなかった。唯一のなぐさめは、フ＝ドゥルナデが住めない惑星になるのはまだしばらく先だということだった。

*

ふたたび長い年月が過ぎ、フ＝ドゥルナデの住み心地はしだいに悪くなっていった。砂嵐ははげしさを増して頻繁に到来するようになったし、宇宙航行の成果がもたらした機器類の助けをもってしても、窪地の環境を住みやすく維持するのはそう容易ではなくなっていた。北方の大きな谷でさえ砂と戦わざるをえなくなり、砂漠にあるいくつかの泉は涸《か》れてしまった。

ブライのホールは以前のままだったが、いつしか壁はブロンズ板でいっぱいになり、ついには板を天井にも打ちつけるしかなくなった。フ＝ダールとグ＝ロムの名が刻まれた板を探すのも大変になり、この二名はそのうちにおおかた忘れられてしまう。プ＝ランとク＝トゥなど大勢の名は、話題にものぼらなくなった。

ススラーはまだ惑星フ＝ドゥルナデの周囲をめぐっていたが、昔の反逆者たちはとっくに死んでいた。データ収集機もずいぶん前から、どこかの惑星の生物すべてを連れてくることはしなくなり、特定の生命体の細胞サンプルだけを持ってくるようになった。そうした文化圏の種々の生命体はロボットによって育成され、最初から宇宙ステーションを故郷とみなすように教えこまれた。そのなかにときどき、ある種の権力欲を持った生命体がまじることもある。スコプはそれを特別あつかいするわけではなく、反対に、そうした生命体が権力と影響力をもとめて戦うのを見ておもしろがった。

その後、スコプが奇蹟とみなす事態が起こった。ふいに天候がふたたび温和になったのだ。雨もわずかながら何回か降った。砂漠に花が咲き、長いあいだ干からびた塵《ちり》しか見あたらなかった大昔の泉から、また勢いよく水が噴きだすようになった。

スコプはとても敬虔《けいけん》な種族で、多くのちいさな神々を信奉している。だが、主神はフ＝ドゥルナデそのものであり、かれらはこの惑星に永遠の忠誠を誓っていた。研究が盛んだった時代には、その信仰もすこし忘れられたが、窮乏の時代がくるとスコプはふたたび真剣に祈るようになった。それによって救われたのだと、かれらは確信していた。未知世界についての知識をもとめる科学者たちがフ＝ドゥルナデの神を軽視したこともあったが、素朴な種族の祈りがついに神の心をなだめたのだ……これはまったく論理的な話だった。

こうして科学者たちは評判を落とし、スコプはだれも宇宙航行について知りたいとは思わなくなった。

しかし、北方のいくつかの大きな谷には、平和になったのは祈りのおかげだと思わないスコプたちもいた。ふいに天候が好転したのには……フ＝ドゥルナデの神が介入したという議論はさておき……ほかにいくつか理由があるはずだ。たとえば、恒星ナドの表面にとても多くの斑点が出現したのが原因だという者もいたし、オーロラが以前よりも輝きを増し、ときには砂漠の夜空にさえ見られたからだという者もいた。たえざる砂嵐によって大量の粉塵《ふんじん》が大気の上層に運ばれたため、空が暗くなるほどではなかったが、温室効果もわずかに見られた。さらには、ずいぶん長いあいだ動きのなかった火山も噴火して、灰と各種ガスをフ＝ドゥルナデの大気にまき散らしていた。

「いまは小休止の時期だ」威厳ある会議場、ブライのホールにいたク＝ソンがいった。

「ただそれだけのこと。この時期をせいぜい利用しよう」

「たしかにそうだな」ト＝ランが反応した。とても賢い老スコプで、かつて南方の窪地からブライへとやってきた最後の生徒の一名だ。「わたしにはずいぶん前にたてた計画があったが、それを提案しようと思ったことは一度もなかった」

ク＝ソンはト＝ランに疑惑の目を向け、

「もし、われわれのうち数名がこの惑星を去るべきだという計画なら、忘れたほうがいい！」と、述べた。

「スコプはだれもフ＝ドゥルナデを去る必要はない」ト＝ランがおちついて語った。

「一名たりとも！」

ブライのホールは息づまるような静寂に支配された。

「どういうことだね？」ブライ評議会の議長がそう疑問を呈《てい》した。

「かんたんんだ」ト＝ランが冷静沈着に答える。「データ収集機を未知惑星に発進させ、そこである特定の者の細胞サンプルをとりださせる。そのサンプルから、好適な個体を好きなだけ育成させるのだ。気晴らしとして、これにかわるものはないんじゃないかな?」

「つまり、一スコプの細胞サンプルを……」

「どんなサンプルでもいいわけではない」ト＝ランが口をはさむ。「もちろん、どのスコプでもいいわけでもない。天候の変化はもうしばらくつづくだろう。急ぐ必要はない。われわれは、かつてスコプが達成したあらゆる要素をふくむ細胞核をひとつ、つくればいいのだ。この特殊な細胞はもちろん、特殊なデータ収集機に格納することになる。通常のデータ収集機より大型でなければならない。われわれが知識と経験で達成してきたすべてを、そこに保管しなければならないからだ。このデータ収集機を細胞とともに送りだす。今後、長期にわたり、われわれの子孫にプレゼントするためだ……砂漠と窪地があって昔のフ＝ドゥルナデと同じだが、充分に安定した気候の生活圏を提供してくれる惑星を。もしそのような惑星が見つかったら、データ収集機は細胞核を活性化し、それを何度も分裂させる。各細胞からスコプ一名が育成されるのだ。これらの若いスコプはそれぞれが異なる素質を持つようになる。非常に高い知性を持つ者もいれば、愚鈍な者もいるだろう。窪地を開墾する能力をそなえた者もいれば、研究者や芸術家になる者も出るだろう。そしてかれらが子孫をのこすことによって、われわれと同様の種族が生まれる……こうすればスコプはだれひとり、フ＝ドゥルナデを去ることはない」

「不気味な話だ！」ク＝ソンがそう漏らし、ほかのスコプ数名もそう思っていた。だが、大半は言葉を失った……仰天する者もいれば、感嘆する者もいた。

「だが、細胞とは！」ついにだれかが意見を述べた。

「たったひとつの細胞だぞ！」ト＝ランがいいかえす。「それでは訊くが……たったひとつの細胞がわれわれの運命をどう変えると思う？」

「だが、その細胞はフ＝ドゥルナデを去るではないか！」ク＝ソンがきびしく反論する。

「そうはいうが、われわれは過去すでに数々の細胞をフ＝ドゥルナデから遠くに飛ばしてきた」ト＝ランが皮肉に応じる。「どれだけのデータ収集機がどこかで死を遂げ、もどってこなかったと思うかね？」

「データ収集機は生きてるわけじゃない……」

「だがあれは、この惑星で産出した物質でつくったものだし、材料のいくつかは有機物から合成したものだ。それはともあれ……フ＝ドゥルナデにとって、生きている物質かどうかなど重要だろうか？　この惑星にはずいぶん前から生命体はわずかしかいない。データ収集機をつくるためには山脈をぜんぶ削り、岩を溶解して、燃えつきた鉱石だけがのこるまでにしなくてはならない。それにくらべれば、たったひとつの細胞を打ちあげるなど、それほど大変なことだと本気で思っているのか？」

ト＝ランは老齢なだけでなく賢明でもあったので、スコプ仲間への対処法を心得ていた。評議会メンバーたちの反応を見ていたク＝ソンもいつしか、この計画を実現するほうの考えにかたむいている。スコプ種族は死に対してとても柔軟な考え方を持つ。死を軽いものと考えているのだ。ク＝ソンにしても、たとえ破滅的な事態が思ったより早く訪れて自分の命が失われるにせよ、一生をフ＝ドゥルナデで終えることに抵抗はない。だが、いま問題になっているのは自分自身の最期ではなく、種族の終焉である。スコプという種族が、破滅的な事態に遭遇してもなお生きつづけられるかどうかだ。それには関心があった。

そこでかれは最後の異議を唱え、ほかのスコプたちの見解を聞こうとした。

「では、もしその計画にふさわしい惑星を見つけられなかったら？」

「そうなったら、データ収集機は計画期間終了後にフ＝ドゥルナデにもどってくることになる」と、ト＝ランは説明した。どうやら、本気であらゆることを考えつくしているようだ。「どう見ても破滅的な事態がやってくることはまちがいない。フ＝ドゥルナデのスコプはだれひとり生きのこれないだろう。だが、ナドが一時的にこれ以上冷えなくなり、この惑星がしばらくしてまた住めるようになる可能性はある。そうなったら、データ収集機内の細胞こそ、スコプがその破滅的な事態のあともフ＝ドゥルナデでふたたび生きていくための唯一の手段になる。この計画にふさわしい惑星を見つかった場合でも、データ収集機はすぐさまべつの細胞をフ＝ドゥルナデに送る指示を受けるのだ。それにより、われわれの種族はふたたび窪地や谷を手に入れられる」

ク＝ソンは降参した。ト＝ランの計画は完璧に思える。その後、ト＝ランは評議会のほかのメンバーもすべてを味方に引きいれた。前よりいっそう熱心にフ＝ドゥルナデの神を信奉していた窪地の住民は、質問されることさえなかった。

3

スティラは探検家の歌を最後まで演奏し、そこで中断して女主人に注意を集中した。フ＝ドゥルナデは深いトランス状態にある。鱗はまったく逆立っていない。どうやら、スティラの演奏で喚起された思い出に浸っているようだ。

目ざめさせなければ、と、スティラは思った。主人はここ数日なにも飲食していないし、あまりトランス状態が長いと……

すこし前に門閥長たちの会合が開かれたのだが、フ＝ドゥルナデは衰弱していて参加できなかった。そうした会合への関心も失ったようで、これは悪い徴候だ。だが、ここでトランス状態から目ざめさせればフ＝ドゥルナデの幸福感は消えてなくなり、スティラの願いも伝えられなくなる。

スティラは外に耳を澄ませた。

いまはしずかになっていて、ドアをたたく者などいない。聞き慣れた足音も聞こえないし、女護衛たちの絶え間ないおしゃべりすらやんでいる。

この静寂は不自然で不気味だ。スティラはできれば外に走りでて、なにも起こっていないことを確認したかった。だが、この状態でフ＝ドゥルナデを一瞬たりとも置き去りにすることなど考えられない。

ためらいがちにシロフォンのところにもどった。砂漠の風の歌と探検家の歌はすでに踊りおえたので、もしフ＝ドゥルナデの要請どおりにつづけるならば、次は探索の歌と帰還の歌のはずだ。だが、スティラはこれらの歌が好きではなかった。演奏するのはさほどむずかしくないが、沈鬱《ちんうつ》な歌なので、自分がめいってしまうのだ。それだけでなく、その歌にまつわる思い出がフ＝ドゥルナデの体調に影響するのではと恐れてもいた。

スティラはフ＝ドゥルナデに目を向け、考えた……途中を飛ばして、救いの歌にうってもいいものかしら。それが終わればフ＝ドゥルナデはきっと目ざめる。だがその目ざめのとき、主人は、歌の順番を守らなかったといっておおいに怒るだろう……

ため息をつきながら、スティラはシロフォンに近づき、リズムをとりはじめた。

＊

惑星フ＝ドゥルナデは混乱状態にあった。天候の好転は短期間で終わり、その後、砂漠では砂嵐がしばしば何日もつづくようになった。多くの窪地が砂に埋まり、そこに住むスコプたちは、もうもうたる砂埃に息も継げなかった。フ＝ドゥルナデに捧げる祈りの声がむなしく響く。したたり落ち、襲いかかってくる砂にしてみれば、信者とそうでない者との区別などなかった。

ブライの谷では、微細な砂が川のように流れていた。エネルギー源が弱くなっているため、バリアがきかないのだ。したたり落ちる砂自体がエネルギー産出のじゃまをしている。砂の流れはときとして荒々しい激流と化し、徐々にブライ中心部に接近してきた。砂は、古来よりダールの木が堂々と立ちならぶ森の聖域をおおい、池と泉を埋めつくし、工場や住居の内部に入りこんだ。ブライのホールだけはまだ損傷を受けていなかったが、砂嵐がその壁を揺るがせたため、ブロンズ製の板がぶつかりあって音をたてている。床に落ちる板もあった。

「これ以上はもうもたないな」イ＝トゥヴがホール内に集まった面々にいった……大勢ではなく、大半は空席である。「データ収集機はスタート準備ができている。細胞核には、われわれの種族についてわかっていることをすべて織りこんだ。旅立ちの時はもうすぐだ」

同席のスコプたちは、口にこそ出さなかったが賛意をしめした……いうべきことなどない。ブライのホール内ですら、したたり落ちる砂、吹きあれる灰白色の流れが随所に見られた。砂はスコプの足の下できしみ、遮蔽《しゃへい》設備などものともしないで出入口をすりぬけ、恐ろしい流れとなってなかに入りこむ。出入口近くにならんだブロンズ板のうち、いちばん下の列のものをのみこむ勢いで、すぐにもホール全体を埋めつくしそうだった。「スコプ種族をよみがえらせたまえ」イ＝トゥヴが熱弁をふるう。「ほかの惑星でもフ＝ドゥルナデでもかまわないから……この災難が過ぎたのち、よみがえらせたまえ」

データ収集機には自前のエンジンがあった。だが、それを始動させるのにかなりのエネルギーを使う。砂を今後も遮蔽しつづけるにはきわめて大量のエネルギーが必要なことを、ブライのホール内にいる数すくない生存者たちは知りぬいていた。データ収集機がスタートしたとき、ついにホールは押しよせてきた砂に屈することになった。灰白色の流れが、ブロンズ板、演壇、ホールにとどまっていたスコプたちをすべてのみこんだ。

それから何千年という時が過ぎ去った。そのあいだにデータ収集機は惑星から惑星へと旅をつづけ、スコプの条件を満たすものを探した。種族を代表する細胞核は船内で休息状態にある。データ収集機は自分の役目を知っているので、到達した惑星すべてを調査した。だが、条件を満たすものはひとつもなかった。フ＝ドゥルナデに似た惑星も見つかりはしたが、相違点のほうが目立つのだった。

食糧を補給できる惑星が見つかることもあったが、それも細胞核にとってのあらたな故郷とはいえなかった。こうして調査期限が過ぎたので、データ収集機はフ＝ドゥルナデにもどった。

データ収集機はたんなるマシンにすぎず、非常に手先の器用なスコプたちでさえ、これにわずかでも〝感情〟をインプットすることはできなかった。それでもやはり、このマシンが、いま受信している映像をスタート時の惑星とくらべてみたなら、茫然となっただろう。データ収集機は着地し、センサーを地中深く埋めてみた。建物の廃墟とスコプの遺体が見つかったが、いずれもミイラ化している。各所を訪れてみても、見えたものは死の痕跡ばかり。

フ＝ドゥルナデは死の惑星と化していた……どうしようもなかった。

そこでマシンは、以前の機能をいまも持ちつづけているかもしれない物体に注意を向けた。スコプが打ちあげて軌道に乗せた無数の衛星と宇宙ステーションである。それらはまだたくさんあって、一部の例外をのぞけば、データ収集機に対してとても好意的だった。どちらもスコプのつくったマシンにほかならないからだ。とはいえ、データ収集機がそれらの衛星や宇宙ステーションとコンタクトしようとしても、応答はなかった。反応が返ってくるのはごく少数で、しかもおちつかないようすである。データ収集機はスラーには関心がなかった……そこはスコプが滞在する場所ではないからだ。まして、いまマシンが保管している細胞核にとっては、なおさらそうだろう。

では、どこに向かえばいいのか？

惑星フ＝ドゥルナデにはもうだれもいないし、いま到達可能な範囲内で二度めの調査に出たとしても、データ収集機をつくった者たちの期待に沿うような惑星を見つけるのは不可能だ。

マシンは長い時間をかけてこの問題を熟慮した結果、一スコプの助言を得ようという結論に達した。

こうして、データ収集機はフ＝ドゥルナデでも比較的おだやかな地域に着地し、周囲にエネルギー性の遮蔽バリアを張ってから、細胞核を目ざめさせることにした。だが、マシンが助言をもとめる相手はスコプ種族全体ではなく、ただの一名だ。しかも、数名が滞在できる場所もない。そこで、当初の計画より細胞分裂を遅らせた。

比較的短期間のうちに、ちっぽけな細胞核から種族全体を代表する若いスコプ一名が成長した。その個体は女だった。データ収集機をつくった者たちが、細胞核のなかに女の要素を多めに入れたからである。スコプは男中心の種族で、女には子供を産む役目しかあたえられていない。だが、細胞核から生じるスコプの場合には、まさにその性質が重要だった。もちろん古老たちは、細胞核に保存される精神性がおもに男のスコプとして分割されるよう手配していたが、必要とされる男の数は比較的少数だったのだ。なぜなら、男はいとも容易に十数名の女を妊娠させられるのに対し、女は一度に二、三体しか子供を産めないから。

この問題に関するスコプの考え方は男中心主義とは無縁である。育児はとても複雑な作業で、女スコプにとっては息づまるような重圧だが、それに対して男スコプはなにもできない。つまり、子供が性的に成熟するまで、女スコプと子供のあいだには強い絆《きずな》が生じるわけだ。最後の子が成熟すると、母親は死ぬ。共感力をふくむ遺伝子は性別と密接に関連していて、男スコプにはまったく共感力がない。ゆえに、育児と無関係なものごとをあれこれ考える力は男のほうが持っているのだ。一方、女スコプは子供以外のことをまったく考えられない。

スコプの言語で〝少女〟を意味する単語は、まだ子供がいないので共感力を持たない女スコプのことをさす。成熟前の女スコプは非常に親しみをこめて〝シコプ〟と呼ばれた。子供がいないまま年をとり、子供たちに絆を感じることのできない女は〝スクコプ〟と呼ばれる。これはとても軽蔑的な言葉だ。一方、子供のいる女スコプはたんにスコプである。スコプ種族の言語には、女一般を意味する単語はない。不要だからだ。女スコプの呼称は段階別にあり、身ごもっている女は〝スコパ〟、育児中の女は〝スコピ〟、生涯の終焉に近づいている女は〝スコピファ〟と呼ばれる。

共感力なしに子供を育ててあげることはまったく不可能なので、この細胞核には女としての高い能力がふくまれていた。だが、同時に男スコプの得意とする能力も入っていたわけだ。つまり、この細胞核から生まれた生命体は、それまでにない特性を持っていたということ。男の精神的属性をそなえた女スコプだったのである。

このスコプの子供時代は非常に急速に過ぎていった。そうした困難を覚悟していなかったデータ収集機は苦境におちいったが、それでもできるだけいい状態で育成し、子供が一定の年齢になったとき、重大なことを訊いた。

「あなたをどこに連れていけば、一種族を形成することができますか？」

若い女スコプは不機嫌そうに鱗をひろげ、データ収集機内のせまい空間を見まわした。

「どうしてわたしが種族を形成しなければいけないのか？　ここはわたしだけでもひろくはないのに！」

「あなたは唯一のスコプであり、種族の最後の生きのこりだからです」データ収集機は辛抱強く説明した。

「その話はこれまでに二回、おまえから聞いた」若いスコプはからかうようにいった。実際になみはずれた記憶力を持っているのだ。「種族には故郷が必要だということも聞いた。おまえが種族の故郷になるつもりなのか？」

「わたしは数千年間というもの、故郷を見つけようとして宇宙を飛行してきました」データ収集機はそう告げたが、悲しげな口調だった。「ですが、たったひとつの惑星も見つかりませんでした。だから、われわれはフ＝ドゥルナデにもどってきたのです」

細胞核から成長したスコプは……まだ若いため、名前はない……データ収集機のハッチを見つめた。それを通って外に出ることができる。一度そのハッチを開けたことがあった。データ収集機には防御バリアがあるが、それでも数日以上かけて塵を外に出す必要があった。

「外に見えるのがフ＝ドゥルナデか？」と、若いスコプは訊いた。

「はい」

「あまり美しい故郷とはいえない！」

「ええ」

「ほかの場所はもっときれいか？」

「いいえ」

「景色が今後、変化する見こみはある？」

「いいえ」

「では、いったいわたしはどうすればいいのか？」と、若いスコプは皮肉な口調でいった。「この惑星では種族は生きていけない。ほかの惑星を探さないと」

「見つからないでしょう。わたしはとても長く飛行してきましたが……」

「だったら、フ＝ドゥルナデからまた宇宙に向けて出発しなさい」若いスコプはとても賢かったが、宇宙の距離感については想像ができなかった。

「それはできません」データ収集機がいう。「わたしはそのようにプログラミングされていませんし、エネルギー・ストックもつきかけています」

「プログラミングならわたしが変更できる。エネルギーもどうにかして調達できるだろう」

「しかし、そのほかにあなたの食糧も入手する必要があります」

「おや、おまえはいままでわたしに充分な食糧をあたえてきたではないか」

「その食糧がもうすぐ底をつきます」

若いスコプはしばし考えこみ、ようやくいった。

「わかった。おまえは、わたしをほかの惑星に運べるほど大型のマシンではない。われわれにはもっと大きなデータ収集機が必要だ」

「わたしはいままで建造されたなかで最大のデータ収集機です。しかも、あらたにデータ収集機を建造できる者はいまやいません」

「ならば、この惑星をめぐっている宇宙ステーションを利用しなければ」

「宇宙ステーションはどれも……わたしより小型です」データ収集機はそういったが、わずかにためらった。若いスコプはそれを見逃さず、こういいだした。

「いちばん大きなステーションにわたしを連れていきなさい！」

「あの宇宙ステーションはスコプが滞在するところではありません」データ収集機は、とんでもないとばかりに反対した。「あそこには異生命体がいて……」

「異生命体？」若いスコプは、生命ある存在と遭遇することに魅惑を感じた。なにしろいままでデータ収集機だけを相手にしてきたのだから。データ収集機はしょせんマシンにすぎない。

「はい、異生命体です」データ収集機はそういった。若いスコプの型破りの反応にすっかり圧倒されていた。「かれらはあそこでいままで、考えられないほど長い時間をすごしてきました。おまけに、スコプを憎んでいます」

「わたしを憎むどんな理由がある？　わたしはかれらになにひとつ悪いことをしていない！」

「あなたの祖先がかれらを故郷惑星から誘拐してきたのです」データ収集機は陰鬱な調子で告げた。

若いスコプはふたたび熟考していたが、しばらくしてあっさりこういった。

「そんな長い時間が経過したのなら、その件はとうの昔に忘れているだろう。きっとスコプの姿かたちだってもう知らないはず」

「スコプの姿かたちは、かれらは知りません。見たことがないのですから」

「ほら、やっぱり！　わたしをいますぐそこに連れていきなさい！」

データ収集機は細胞核を目ざめさせたことをほとんど後悔していたが、自分ではこの問題を解決できないことも認めざるをえなかった。こうしてデータ収集機はスラーに向かうコースをとった。そのあいだ、マシンはこんなことを考えていた。ことによると自分の予測は間違っていて、水族館内の生命体はとうの昔に死滅してしまったのではないか？　経過した時間がこれほど長ければ、いろいろなことが変化しているだろう。なにかちょっとした技術的な不具合が生じ、そのあつかいがわからなかったせいで、異生命体は絶滅してしまったかもしれない。

だが、データ収集機が水族館にコンタクトをとると、生命体がいることが確認できた。

「シコプ」データ収集機はまだ名前がない若いスコプに呼びかけた。「ススラーから報告がありました。そこに居住する異生命体の全員に対して、ションドログという名の残忍で乱暴な者が権力を握っているそうです。ススラーがいうには、あなたは太古の原細胞から生まれたスコプであり、あらたなスコプ種族の原母となるわけですから、危険にさらされることはまちがいないと。わたしの意見も同じです。ススラーに入ったら、まず異生命体が接近できない場所にこもり、知識をおさらいする必要があります。あなたはまだ充分に成長していませんし、名前もないのですから」

「わたしがそのションドログに対抗できないと思うのか？」

「そういうことです」

若いスコプはまた考えこんだ。自分がスコプの〝原母〟となる？　データ収集機がそういうからにはそうなのだろうが、まだよくわからない。ただし、自分がほとんど知らないものごとが、たくさんあることだけはわかる。だから、こういった。

「了解した」

4

演奏を中断したスティラは、はじめて疲れを感じはじめていた。しかも、空腹と喉の渇きもおぼえた。肌はサンドペーパーのように乾燥している。フ＝ドゥルナデのわきをするりと通りぬけてみた。それによって主人を起こすことができるかと思ったのだ。だが、そうはいかなかった。フ＝ドゥルナデはまだ深いトランス状態にある。主人に触れてみて、愕然とした。肌がとても熱い。これは異常だ。通常の瞑想ではむしろ、体温がさがりすぎるのが危険とされる。だから、室内とフ＝ドゥルナデのベッドには温度計がそなえつけられ、部屋もベッドも自動的に適温をたもつようなしくみになっていた。だがいま、ベッドは氷のように冷たいのに、フ＝ドゥルナデは燃えるように熱い。体調が悪いのだ。スティラはおちつきを失った。

どうすればいい？

自分はただの女護衛にすぎない。主人の指示は破ってはいけない掟だ。フ＝ドゥルナデの命令に背くくらいなら、むしろ死ぬべきだろう。それに、フ＝ドゥルナデはほかの女護衛と看護師を全員、部屋から追いはらっていた。

だれもがとほうにくれている。看護師たちも、女護衛たちも、そしてフ＝ドゥルナデ自身も。フ＝ドゥルナデは門閥の母であり、オルドバンより年上だという噂が流れていた……あるいは、すくなくとも同じくらい老齢だと。彼女は想像を絶するほど昔から、何世代もの女護衛や看護師たちの世話を受けてきたが、病気になったことなど一度もなかった。看護師たちの役目は、たしかにフ＝ドゥルナデの健康に気を配ることだが、その知識はからだの衛生と栄養面に限定されている。だから当初は、自分たちやほかの住民に使う薬でフ＝ドゥルナデの病気を治そうとした。

だが薬を使っても、フ＝ドゥルナデの病状に変化はなかった。それどころか体調は悪化する一方で、フ＝ドゥルナデ自身もそのことに気づいた。そこで彼女は看護師を追いだし、女護衛に期待したのだった。なにか治療を目的とする芸当をするだろうと。女護衛たちは大昔からフ＝ドゥルナデの精神衛生面担当だ。どうやらフ＝ドゥルナデは、数段階の瞑想で体調が回復すると信じているようだった。

だが女護衛たちの存在も、フ＝ドゥルナデにはすぐさまわずらわしくなった。ある者はしゃべりすぎ、ある者はシロフォンでの踊りが下手《へた》、ある者は動きがのろく、ある者は動きが速すぎる……そんなふうに、全員になにかしらけちをつけた。だが、ステイラのことだけは気にいっていた。

「お願いですから、治療師を呼ぶのを許可してください」スティラがたのむ。フ＝ドゥルナデが了承と受けとれるような言葉をなにかいってくれるのを期待していた。だが、フ＝ドゥルナデはひと言も発しない。

そのとき、出入口でちいさなノックの音がしたので、スティラは急いで近づいた。「どなた?」と、たずねる。またしても大嫌いなスティログの声が聞こえてこないといいのだが。

「なかに入れてください……いますぐ!」

アハニーだ。まちがいない。スティラは茫然として、からだがかたまった。アハニーがフ＝ドゥルナデの個室に入る許可をもとめている? 男のヴォーチェ人が? だがそうはいっても、アハニーはスティラの里子だった。しかも、非常に真剣な口調だし、フ＝ドゥルナデはまだ動こうともしていない……

「スティラ、あなたに知らせるべき情報があります!」アハニーが小声で語る。その声には狼狽《ろうばい》と恐怖の色がこもっていたので、スティラは思わずドアを開けてしまった。

アハニーは飛ぶように入ってきた。男ヴォーチェ人としては異例の速さだ。スティラがことのなりゆきを理解できないでいるうちに、かれはドアを閉めた。それから、疲れきったようすで床に倒れこんだが、すぐさまおびえたような、へりくだった態度をとった。

「申しわけありません、門閥の母よ！」つっかえながらそう告げた。

スティラはフ＝ドゥルナデの反応を、期待と恐怖のはざまで見守る。だが、主人が反応しないので、ほっとしていいのか、もっと心配をつのらせるべきなのか、わからなくなった。フ＝ドゥルナデが生きている明らかな徴候があれば、あらたな勇気を得られただろうに。だが、アハニーはそんな問題があるとは予想もしていないだろう。男ヴォーチェ人がフ＝ドゥルナデの個室に足を踏み入れたことはなかったから。

「おまえの声はフ＝ドゥルナデには聞こえてないわ」スティラはそうささやいて、アハニーを部屋のすみに引っ張っていった。そこは、シロフォンからもっともはなれた位置だ。「わたしがいいっていうまで声は出さないで！」

スティラはシロフォンのところに大急ぎでもどり、音が出ないようにした。男ヴォーチェ人は極端に高い声を発するので、シロフォンが共鳴する恐れがあるのだ。そうなれば、シロフォンを固定している箍《たが》がはずれ、音がずれてしまうかもしれない。シロフォンの調子が狂えば、フ＝ドゥルナデが怒りだすだろう。それをべつにしても、長い時間をかけてシロフォンのバランスを一音ずつ、もとにもどさなければならなくなる。

「シロフォンの音が出ないようにしておいたわ」スティラはアハニーのところにもどってそう小声で告げた。「でも、できるだけちいさな声で話して。それから、声が高くならないように。いったいなにが起きたの？」

「スティログが通信ステーションを占拠しようとしたんです」と、アハニーは報告した。「フ＝ドゥルナデが死んだというニュースを伝えるために」

スティラは一瞬、息がとまった。

「それは本当？」ぞっとして訊く。

「あなたに嘘をつくと思いますか？」アハニーは感情を害したようだ。スティラは里子をおちつかせるために頭をさすってやった。アハニーは説明をつづけた。「そのときわたしは現場にいたんです！　かれは通信ステーションに入ろうとしました。門閥長たちに重大ニュースを知らせるんだといって。スタリフはかれをなかに入れようという意見でした。スティログがなにか伝えようとしている相手は、治療師たちだといって」

スティラは舌打ちした。

「スタリフはスティログの計画を熟知していたと思います」アハニーは話をつづけた。「ですが、レッカムは鍵を開けるのを拒否して、まずイラランングと話せとスティログに伝えました。さいわい、イルタフ人そっくりに話すことができるブラフィンがステーション内にいたので、かれがイラランングになりすまして。スティログはまんまとだまされ、即座にこういいました……〝フ＝ドゥルナデは死んだ。わたし、スティログが門閥の母の持つ権力を引き継ぐことになる〟と。するとスタリフが大声をあげたので、ブラフィンは黙るしかなくなり、当然スティログも事情を知ったのです。激怒したレッカムは、スタリフを幽閉してステーション内の治安を維持し、全員を尋問しました。こうしてステーション内では、いまは信頼のおける者だけが勤務についています。スティログが力ずくの攻撃を試みたのですが、失敗に終わりました。ですが、残念ながらまだ捕まっていません。支持者たちといっしょに逃亡中です」

アハニーは、まだじっとしたまま動こうとしないフ＝ドゥルナデのほうを神経質そうに見やって、こう訊いた。

「フ＝ドゥルナデは本当に死んだのですか？」

「いいえ」スティラはそう答えたが不安げだった。「でも重体なのはたしかよ。で、それからどうなったの？」

「レッカムは、わたしがあなたの里子だということを思いだして、わたしがまずあなたのところに行くのがいいといいました。その気はあるかと訊かれたわたしはもちろんイエスと答え、換気口のひとつを通ってステーションを抜けだしたんです」

スティラはアハニーに非難の目を向けた。

「わたしはレッカムの性格をよく知っている」彼女はフ＝ドゥルナデを起こさないためたに小声でいった。「かれは絶対に、おまえのような若者にこうした危険な任務をさせない。おまえのほうから申しでたんじゃないの？」

アハニーはそしらぬ顔をした。

「ま、いいわ」スティラはつぶやいた。いずれにしても、自分は掟を破ってアハニーを部屋に入れたのだ。もしドアの前に立っていたのがレッカムだったとしても……掟を破っていたかもしれない。

彼女は、アハニーの声に狼狽と恐怖の色がこもっていたことを思いだし、こういった。

「まだ話のつづきがあるわね、アハニー？」

「ステーションの換気口はかなりわかりにくいんですが」と、アハニー。「たまたまスティログの部屋のわきを通りぬけたんです。かれは数人の支持者と協議中でした。スティラ、かれらはフ＝ドゥルナデを殺そうとしています！」

スティラは唖然として里子の顔を見た。

「それは聞き違いでしょう。スティログはたしかにいろいろな悪事をするけど、まさかフ＝ドゥルナデを……」

彼女は恐ろしくてその先がいえなかった。アハニーもおののいてはいたが、かれはフ＝ドゥルナデと近い関係ではない。門閥の母をほとんど知らないといってもいいくらいだ。

「聞き違いじゃありません！」かれは反論したが、スティラにお願いだから声をひそめてといわれたので、小声にして話をつづけた。「わたしはスティログのすぐそばにいたんです。言葉のはしばしが聞こえるくらいにね。かれらは細部にいたるまで計画を練っていました。ここに突入してフ＝ドゥルナデを殺害し、そのあとスティログを支配者にするつもりです」

「死んでもそうはさせないわ」

「かれらもあなたがそう出ることは想定しています」

「断じてここには入れさせない！」スティラが興奮ぎみにいった。

「でも、計画ではそうなりますよ」そう説明するアハニーは全身が震えていた。「スティログはもう、ほぼすべての女護衛と一部の看護師を味方に引き入れました。彼女たちはフ＝ドゥルナデに追いだされて怒っていたし、嫉妬してもいた。女護衛のひとりが門閥の母の地位を継ぐことになっています。スティログは彼女にあらゆる特権を約束していました」

「それってプカ？」

「ええ、そういう名前だったと思います」

「あの女！」スティラはうなった。怒りのあまり気絶しそうだった。「最初から彼女は不愉快だった。フ＝ドゥルナデも何度かプカを追いだそうとしたわ。なのに、わたしはおろかにも、そんなことはしないようフ＝ドゥルナデにお願いしてしまった！　では、スティログはプカの手助けでここに入るつもりなのね？」

「ええ。かれらは、あなたがいつまでもフ＝ドゥルナデのために演奏することはできないだろうといっています。あなたが疲れはてて眠ってしまうのを待つつもりです。そうなったらプカは、すくなくともどこかのドアが自動的に開くように操作するでしょう」

「めずらしくまともな考えをしてるわね」スティラはそうつぶやきつつ、打開策を見つけようと必死だった。

フ＝ドゥルナデが病気というだけでも大変なのに、よりによっていま、スティログが事態をいっそうむずかしくしようとしているのか？

室内は異様にしずかだった。ふだんなら、女護衛がひとりも演奏していなくてもシロフォンが自然にちいさな音で鳴っている。だがいま、シロフォンには箍がはまっているので、巨大ステーションのリズムに合わせて振動してはいない。もしフ＝ドゥルナデが衰弱のあまり、予想より早く瞑想から目ざめたとすれば、この静けさに気づいて悪い事態になる可能性がある……それはフ＝ドゥルナデにとってだけではない。もしこの静けさから判断して、スティラが疲労困憊《こんぱい》のあまり倒れたとスティログとプカが確信すれば、すべておしまいだ。

だが、スティラはいま踊ることなどできなかった。ほかのことが心配だからだ。

フ＝ドゥルナデを見やって気づいた。数片の鱗がからだに密着していない。主人をおちつかせ瞑想をつづけさせるには、踊るしかないのだ。しかし……

「わたし、なんてばかだったの！」スティラはつぶやいた。「アハニー、こっちにきて！　急いで！」

そのとき鍵がかかっていなかった唯一のドアのほうにアハニーを引っ張った。そこを通れば細長い通廊に出て、そのはしにスティラ個人の住まいがある。アハニーはその場所を熟知していたので、スティラはかれに、なにをしてほしいか、それをすみやかに説明した。それからシロフォンのところにもどり、箍をはずして、スローで憂鬱な一連の旋律を響かせた。完全な一曲ではなく、ときどき間奏として使われる旋律だ。そのあいだもフ＝ドゥルナデから目をはなさず、アハニーがやってくるのをいまかいまかと待った。

その直後、アハニーがもどってきた。かれの肌は興奮と不安、そして緊張のために濡れていた。スティラは、自分にしずかに近づくよう指示した。旋律を長くのばして変奏をつづけながら、アハニーから小箱をひとつ受けとり、それをあちこち調整する。すると突然、戦いの歌がはじまった。とてもはっきりとしていたので、スティラ自身が演奏しているかのようだった。

アハニーがすっかりびっくりしてその小箱を凝視しているあいだに、スティラは急いでシロフォンのもとを去ったが、小声でいっしょに歌って、小箱から流れる響きをいっそう豊かにした。それからスティラはアハニーに向かって、大急ぎで遠くのすみにもどるよう不機嫌に指示した。彼女自身はシロフォンの近くにもどり、フ＝ドゥルナデのようすをじっと見つめる。もしフ＝ドゥルナデがおちつかないようなら、小箱を使わずに自分で踊りつづける覚悟だった。

しかし、どうやらフ＝ドゥルナデはその響きを受け入れたようで、すこし逆立っていた鱗はなめらかな状態にもどった。

「あの小箱はなんですか？」アハニーが声をひそめてたずねた。スティラがかれの近くにもどってきたときである。

「先日プカからとりあげたものよ」スティラは満足そうにそう説明した。「プカは怠け者だから、自分では踊らない。だれかがプカのためにこの箱をつくり、彼女はわたしがフ＝ドゥルナデのために演奏しているとき、これをこっそりすみに置いて曲を記憶させたの。この箱にはあらゆる曲がおさめられている」

「すばらしい響きだ」と、アハニーがいった。「どうしていつもこの箱を使わないのです？　そうすれば、あなたばかり踊らなくてすむのに！」

「禁じられているのよ」スティラが決然といいはなった。「でも、いまの状況なら、フ＝ドゥルナデはきっと許してくれるわ」

そういいつつも、スティラには自信がなかった。もちろんステーション内では、フ＝ドゥルナデの要望さえあればいつでも、あらゆる曲を記録・再生することができただろう。だがフ＝ドゥルナデは前々から、女護衛たち個人が自分のために踊ることにこだわっていた。そこにはそれなりの理由があるにちがいない。

「よく気をつけるのよ、アハニー。プカはたしかに、わたしが彼女からこの箱をとりあげたことを知っている。でも、そのことをよりによっていま、思いだしてほしくない。彼女とスティログは、いまもわたしが演奏しているとばかり思っているでしょう。だけど、もうしばらくしたら辛抱しきれなくなる。だからあなたは急がなければ」

「わたしはなにをすれば？」と、アハニー。

「できるだけ早くレッカムのところにもどりなさい。だれにも見られないように、換気口のところに身をかくして……だれかの話を盗み聞きする時間はないのよ。いい？」

「急いでもどります。あなたも換気口に行けますよ」

「ええ、あそこならだれにも見られないですむからね。レッカムにはこう伝えて。第一。フ＝ドゥルナデは生きているけれど重体で、緊急に助けが必要だと。残念ながら門閥の治療師を呼ぶのは彼女から禁じられたけれども、ことによるとだれかが妙案を思いつくかもしれない。第二。女護衛と看護師の動静を探ってもらいたいの……もちろん、こっそりと。彼女たちのあいだで雰囲気が悪くなっていることもあるでしょう。まだスティログ側についていない者も、突然に疑念を持ち、結局は向こうに寝返るかもしれない。ただし、いままでどおりフ＝ドゥルナデを支持する者たちは、わたしのところにきてほしいわ。それがわかるような合言葉が必要ね……なにがいいかしら？　スティログもほかの者も思いつかない言葉がいいのだけど！」

彼女は考えこんだ。

「イラソングはどうです？」アハニーがふいに口にした。「スティログはこの名前をとうぶん耳にすることはないでしょうから」

「いいわね」と、スティラが同意。「信頼がおけそうもない者たちとは、レッカムは縁を切るでしょう。そして当然、スティログとプカは追われる身。でも、まずはレッカムにたのんで、この部屋の周囲に武装した歩哨を配置してもらいましょう」

アハニーは驚いて彼女を見やった。

「レッカムはどこから武器を持ってくるので？」と、アハニーがたずねた。武器がどういうものか知ってはいたが、自分の目で見たことはいまだかつて一度もなかった。

「かれが知っているわ」スティラは質問をかわしたが、スティログのことを考えて仰天した。ことによるとスティログも武器のありかを知っているかもしれない！

「さ、おまえは急いで！」と、スティラがいうと、アハニーは飛びだしていった。

スティラはフ＝ドゥルナデからできるだけ目をはなさないでいた。すくなくともだれかが、いまのような状況にそなえて対処していればよかっただろうに。だがいまとなっては、フ＝ドゥルナデの病気ないしは死亡という可能性をぼんやりとでも想定して準備しているのは、よりによってスティログだけなのだ。そのスティログにしても、フ＝ドゥルナデが健康だったときには、けっして危険な存在ではなかった。

フ＝ドゥルナデは以前、容赦しがたい権力をめぐる戦いと陰謀についてスティラに話したことがあった。だが、それはすべて昔の出来ごと。スティラはいま、自分が戦いの話をまともに聞いていなかったことを認めざるをえなかった。きっとレッカムだったらしっかり聞いていたのだろう。だが、かれはフ＝ドゥルナデの個室を訪れたことがなかったし、公的な機会となると、フ＝ドゥルナデに対してつねにひかえめな態度をとっていた。

フ＝ドゥルナデの体調は変化なし。肌は熱いが、ベッドは氷のように冷たい。この差を調整するのは本来、看護師のつとめだろう。スティラにはセンサーを調整する権限はないのだ。だが、彼女はそれを無視してセンサーを調整した。ベッドがしだいに温まってきた。フ＝ドゥルナデをじっと見つめていると、どうやら正しい処置だったようだ。主人のからだが熱くなくなってきたので、スティラはほっと胸をなでおろした。

彼女はシロフォンの近くにうずくまった。フ＝ドゥルナデから目をはなすことなく、だれか看護師がドアをたたいて合言葉を口にするのを必死に待った。背後では小箱が戦いの歌を奏で、そのひとつひとつの音にシロフォンが反応している。スティラは足がむずむずしたが、踊ることでトランス状態に逃れたいという誘惑を懸命にこらえた。

5

水族館が〝原母〟のために用意した部屋は、若い女スコプすなわちシコプにとって、せますぎることが判明した。彼女は年齢のわりには背が高かったのだ。

「いままでずいぶんいい食事をあたえられていたのですね！」と、水族館がいった。その言葉を打ち消そうと動揺しているデータ収集機のようすを見て、シコプは笑う。その笑い声はスコプ種族に特徴的な、かさかさという音だった。

「マシンがいつも大量の食事を提供したので、わたしはすぐ満腹になった！」と、彼女はいい、自分のからだを見おろした。そんなふうに見たことなどいままで一度もなかったが、栄養たっぷりに育ったことは一目瞭然だ。「今後はもっといいものが食べられるといいけど」と、いいそえる。

長く深い沈黙が訪れた。自分はいまの言葉でデータ収集機を侮辱したのだと、シコプは思いこむ。水族館にも過大な要求をしてしまったのだろう。

「笑った！」水族館が驚いたようにいった。すると、ほとんど同時にデータ収集機が、

「いままでわたしのあたえた食事でたりていたのか！」

シコプはまだ一歳になるかならないかだったが、もう充分に賢明だったので、いまの発言にこめられた意味を理解した。

「どうやらわたしは、おまえたちの記憶にあるスコプよりも早く成長しているらしい。でも、なぜわたしが笑うのがそんなにめずらしいのか？」

ふたたび、しばらくの沈黙。すると、水族館が口を切った。

「データ収集機とわたしは、提携するのがいいという結論に達しました。データ収集機は、原細胞とその子孫の欲求を満たすように特化されています。それに対してわたしのほうは、スコプと異なる欲求を持つ生命体を正当に評価することに特化されています。われわれが専門知識で協力しあえば、もっともあなたの役にたつでしょう」

「それはどういうこと？」〝原母〟は憤慨したように、「わたしはスコプだが！」

「いい方が悪かったなら謝ります」と、水族館がいうと、データ収集機がこう補足した。

「あなたはもちろんスコプですが、ふつうのスコプではなく、一種族を代表する存在でもあるのです。その特殊性に対しては、あなたがデータ収集機として知っているわたしのどの部分も、不完全にしか対処できません。われわれは協力したほうが、あなたの要請に容易に応じることができるのです」

この言葉を裏づけるかのように、水族館は〝原母〟のため、たっぷりの食事を用意した。それはデータ収集機がいままでに出したどの食事よりもすばらしいものだった。

シコプは食欲旺盛だったので、その大量の食事をたいらげ、満ちたりた心持ちになった。本当に満腹になったのは生まれてはじめてで、じつに快適な気分だった。彼女は鱗のあるからだを、残念ながらすこしちいさめの柔らかなベッドで伸ばし、即座に眠りに入った。

目ざめてみると、ベッドはかなり大きくなっていたし、すぐそばにあった壁はすこし彼女からはなされていた。彼女は空腹を感じたが、水族館が次の食事を用意しても、ごくわずかのみこんだだけだった。からだはまだ満腹状態であり、違う種類の空腹感をおぼえていたのだ。料理の皿は見るのもいやだったので押しのけ、いらいらしながら立ちあがる。鱗がひろがり、頭部感覚器が光をはなちだした。

〈いつもたいていこうなるのだ〉と、データ収集機が水族館に告げた。〈これがどういう反応なのか、わたしには判断がつかない!〉

水族館はこの新メンバーを長いあいだ見つめてから、データ収集機にこう告げた。〈彼女は並のスコプとは違う反応をするようだ。検査をいくつかやってみるのが適切ではないか〉そういいながらも、すこし自信がなさそうだ。

そのときふいに、原母の部屋の壁の一面から、ぎらぎらとした光が照らされた。シコプは即座にそちらに走りだした。鱗はややひろがっているが、鉤爪のある手をかたくこぶしに握っている。彼女は光源を発見すると、それをさんざん殴りつけ、光が消えたあとも壁を引っかき、細い配線を発見するとそれを引き裂いた。

〈攻撃性がある〉水族館はそう独白した。

データ収集機には、なにがなんだかわからない。この分野で経験のある水族館が、攻撃性についてデータ収集機に説明した。

〈では、彼女はスコプではないということ！〉データ収集機が憂鬱そうにいった。〈なにかが細胞核を変化させたのだ〉

〈いや、彼女はスコプだとも〉はるかに柔軟な考え方をする水族館が確信を持って説明した。〈だが、いままでいなかったタイプのスコプなのだ〉

〈彼女は原母なのか？〉データ収集機はそうたずねた。おびえを感じていた。

〈そうだ。女スコプは自分の子供のために戦い、子供を死なせるくらいなら、むしろ自分が死ぬ。原母はそのことを本能的に知っているし、いつか時がくれば自分に大勢の子供ができることも感じているのだ〉

〈わたしはとても長いあいだ、旅に出ていたから〉データ収集機はそういい、エネルギーを奮い起こそうとしたが、うまくいかなかった。

〈知っている〉水族館の言葉には力がこもっていた。水族館はそのあとこういいそえた。〈男スコプがもとめるのは知識だ〉

そのとき、シコプの部屋のなかでソフトな声が響いた。

「あなたはこのステーションについてあらゆることを知らなければなりません。わたしの声が聞こえる方向を見なさい」声がそういうと、シコプは素直にしたがった。「これはティガフという種族で……」

壁のスクリーンにティガフの姿がうつる。その動きや食事のようす、耳を澄ませて戦うようす、声の調子、しゃべり方、叫び方、ささやき方、笑い方、嘆き方、泣き方……

〈見てみろ〉水族館がそういった。ずいぶん前からデータ収集機であることに疲れてしまったマシンは、その言葉にしたがった。

シコプが壁のスクリーンをじっと見ている。鱗はぜんぶリラックスし、頭部感覚器はかすかにパステルカラーに輝いていた。

〈彼女は学びたいのだ〉水族館が満足そうにいう。〈だが、戦うことも学ばなければならない。さもないと、異生命体に破滅させられてしまうだろう〉

＊

〝原母〟は物おぼえがよかったので、水族館についても、そこの奇妙な住民たちについても、ごく短期間のうちにすべて学んだ。彼女は知識を吸収するとともに、同様の貪欲さで、水族館が提供する食事にも飛びついた。さらに、肉体のトレーニングもした。訓練を手伝ったロボットによれば、彼女は体力、耐久力、敏捷性、着想の豊かさといった点で、通常のどのスコプよりも格段に勝《まさ》っているとのこと。もちろん、それはいうまでもないことだった。なぜなら、スコプは昔から戦士としては弱かったから。とくに、シヨンドログのような生命体とくらべれば、それは明白だ。だからロボットのなかには、ションドログの種族の体形と行動を手本にして製造されたものもある。だが、シコプはそうしたロボットをも、周囲が驚くほど早くしのいだ。

彼女はぐんぐん成長し、ついにスコプの平均身長の三倍になった……このくらい長身なら、いざとなればションドログと対等に戦えるだろう。

「もうこの部屋にとどまっていたくない」彼女はある日そういった。「わたしを外に出して」

水族館は黙ってドアを開け、シコプは外の通廊に目を向けた。あらゆることを学んでいたので、個々のものがなにかはわかっていた。それから振り向いて、こういった。

「わたしは自分に故郷惑星の名前をつけると決めた」自信たっぷりだった。「いまからわが名はフ＝ドゥルナデ」

女スコプとしては異様な名前だったが、水族館は反対しなかった。データ収集機のほうはとっくにアイデンティティを失っている。思考するマシンの一大同盟に吸収されてしまっていたからだ。

フ＝ドゥルナデは、いままで大半の時間をすごしてきた部屋を去り、迷わず通廊に向かった。その直後、通廊のすみで叫んでいる若い一スナルヴと出くわした。

「どうした？」フ＝ドゥルナデはやさしくたずねる。

スナルヴは目をあげ、びっくりして逃げだそうとした。しかし、フ＝ドゥルナデはその瞬間、かれを捕まえた。

「なにもしないから」そういいながら、自分よりはるかにちいさい相手のからだをゆっくり回転させた。背中に長い傷があって、そこから血がしたたっていた。彼女はそれを凝視した。それからスナルヴをすばやく持ちあげて、自分の部屋に連れていく。傷の手当てはマシンにまかせた。マシンのほうが治療法をよく知っているからだ。

「だれにやられた？」フ＝ドゥルナデがたずねた。傷の手当てがある程度すんだあとだ。

「ションドログの手下です」スナルヴはためらいがちにそういった。

「ヴォーチェ人か？」

スナルヴは軽蔑的なしぐさで棘《とげ》を揺らしたが、処置してもらったばかりの傷が痛んだらしく、すぐにその動きをやめて、嘆くようにいった。

「相手がひとりだけだったら抵抗したんですが、五人だったのでどうしようもなくて」

「なぜ攻撃された？」

「わたしがスナルヴだからです。ションドログはスナルヴを憎んでいるんです」

「ヴォーチェ人はションドログのいいなりなのか？」

「ええ」

フ＝ドゥルナデはしばらく考えてから、いまは休養して自分の指示を待つようにとスナルヴにいった。

目標が決まった。各種族がどこに住んでいるかはわかっていたので、まずはスナルヴの居住域におもむく。彼女はまさにちょうどいいタイミングで到着した。二十名ほどのヴォーチェ人が鞭《むち》で武装して侵入してくるところだった。

スナルヴは平和的で無害な種族である。知性はあまりないが、敏捷で防衛能力にすぐれていた。いやなものに直面すると、自然にそなわったふたつの武器を利用する。非常に柔軟で粘り強いことと、からだに生えた棘が敵をよせつけないことだ。対するヴォーチェ人は抜け目がなくて創意に富み、たくさんある長い脚を使ってスピーディに動く。スナルヴは道具というものを知らないが、ヴォーチェ人は武器を持っている。たとえば、長い鞭を巧妙に使うことができた。

スナルヴは明らかに攻撃を恐れていた。せまい空間に身をよせあって暮らし、種族の代表者たちが輪をつくってちいさな子供たちを守るようにしている。しかし、フ＝ドゥルナデがそこに着いたときには、その輪にヴォーチェ人の長い鞭がすでに襲いかかっていた。子供たちが泣きさけぶものだから、成人のスナルヴたちは輪をほどいて、ヴォーチェ人相手に攻撃に出ざるをえなかった。だが、どうしようもなく劣勢だったので、このままだとスナルヴはのこらず殺されるだろうと予想された……もし、ヴォーチェ人が本気でそのつもりならば。

フ＝ドゥルナデはこの混乱にやみくもに首を突っこむようなミスはおかさなかった。鞭を持った二十人以上のヴォーチェ人と対立すれば歯が立たないと思われたからである。

「スラー！」と、冷静に命令をくだした。「この一帯に催眠ガスを散布せよ！」

一本のアームが壁から伸びてきて、フ＝ドゥルナデを防御バリアでつつみこんだ。その直後、ヴォーチェ人もスナルヴも深い眠りについていた。

「スナルヴたちの手当てをしっかりやってもらいたい」フ＝ドゥルナデが命じる。「わたしがもどってくるまで、負傷者の面倒を見て、死者は埋葬すること。ヴォーチェ人は監禁するように」

「原母よ！」水族館はなにかいいかけたが、フ＝ドゥルナデが勢いよく立ちあがり、鱗をひろげて戦闘モードに入ったため、沈黙した。フ＝ドゥルナデはヴォーチェ人の居住域へと向かう。

ションドログの手下たちは彼女に対して冷たい仕打ちをするつもりでいたが、最初はまだ攻撃をしかけようとはしなかった。かれらにしても、フ＝ドゥルナデのような存在はいままで一度も見たことがなかったのだ。異生命体が自分たちのなかに大胆不敵に入ってくるという、そのことに強い印象を受けていた。

「そちらの指導者はだれだ？」フ＝ドゥルナデがしずかにたずねると、まさに男盛りといった感じのたくましいヴォーチェ人がひとり、彼女の前に歩みでた。長くて敏捷そうな脚を神経質に震わせている。一本の手に握られた鞭が、攻撃寸前のヘビのようにぴくついていた。

「あなたの種族はどうしてションドログに服従しているのか？」と、フ＝ドゥルナデ。

後方から、奇妙なハミングめいた音が聞こえてくる。フ＝ドゥルナデが驚いて振り向くと、ひとりの女ヴォーチェ人が目に入った。男よりも長い脚で女とわかるのだ。その脚が、ゆるく箍をはめたシロフォンの上を優雅に動いている。ハミングめいた音は彼女がそうやって出していた音だった。フ＝ドゥルナデはその音に魅了された。

「わたしより強いのはションドログだけだから」ヴォーチェ人の指導者がそう答える。その声でシロフォンの柔らかな響きがさえぎられて、フ＝ドゥルナデは腹がたった。それだけではない……かれのやかましい高音の声がシロフォンによけいな振動をあたえたため、きれいで魅惑的な旋律がけたたましい音の羅列に変わってしまったのだ。フ＝ドゥルナデの頭は混乱し、攻撃的な感情が芽生えた。あやうくヴォーチェ人に向かって突進しそうになる。だが、そんなことはできないという意識も背後にあった。指導者がスキップをはじめる。かれの持つ鞭を、フ＝ドゥルナデはじっと見ていた。ヴォーチェ人の脚の動きのせいで、シロフォンがいっそうひどい振動を帯びる。フ＝ドゥルナデはもう忍耐の限界が近づいていた。

　その瞬間、あたりが急にしずかになる。ヴォーチェ人は全員がフ＝ドゥルナデに背を向け、出入口のほうへ向かった。そこから一ティガフが入ってきた。

　フ＝ドゥルナデはティガフの姿かたちも、この種族がステーション内に数名いることも、ずっと前から知っている。ティガフは長い六本脚でこちらに向かってゆっくり歩いてきた。脚も胴体も装甲されている。さらにもうひと組の前肢があって、その先ははさみ状になっていた。ティガフはもともとの環境下では知性を発達させることはなかったのだが、スコプがかれらを発見したときは、反抗的な各種の生命体が水族館を支配するようになった時期だった。スコプはそれを脅威と感じたので、それまで生きた闘争マシンにほかならなかったティガフの細胞サンプルに、ある種の変更をくわえることにした。その結果、この恐るべき生命体は、自然からはあたえられそうもない一部の知性を獲得したのである。

　ヴォーチェ人の居住域内に姿をあらわしたティガフは、ションドログの命令を受けてパトロール任務についていた。フ＝ドゥルナデが知るかぎり、ションドログ自身は不器用な生命体で、権力と、まだ温かみののこる生肉に飢えている。ションドログにはメンタル能力があり、それでティガフを操っていた。ヴォーチェ人たちもこの力の影響を受けている。ヴォーチェ人は大勢いるが、ティガフは数がすくない。そこで、ヴォーチェ人がションドログに供物《くもつ》をなにも提供できない場合には、ティガフがかれらのなかから血のしたたる犠牲者を選ぶのだ。というわけで、比較的無防備のスナルヴを追いまわしているヴォーチェ人がティガフを恐れるのは、無理もないことだった。

ティガフがヴォーチェ人の居住域に姿をあらわすと、フ＝ドゥルナデは怒りを感じた。ヴォーチェ人の絶叫は恐怖の忍び泣きに変わり、女たちは狼狽と不安のあまり、シロフォンから逃げだした。それまで彼女たちはあらゆる不協和音にもめげず、その上で踊っていたのだが。その不協和音はフ＝ドゥルナデのなかに響きわたり、彼女の怒りをいっそう高めた。

ヴォーチェ人のもとを、いままで水族館内で見かけたことのないきわめてめずらしい生命体が訪れていたことに、ティガフはまったく気がついていないらしい。ヴォーチェ人たちの嘆きにも無関心だ。ひとしきり周囲を見まわしてから、ひとりの若いヴォーチェ人のほうにまっすぐ向かう。その若者は不安げにかくれ場を探していたが、どうやらあきらめたようだった。

数秒前までは、あわれなスナルヴにひどい害をあたえたヴォーチェ人を罰するつもりでいたフ＝ドゥルナデも、かれら自身が威嚇《いかく》されているのを見たとたん、同情をおぼえた。

ティガフはフ＝ドゥルナデを、冷たく黒い目で凝視した。彼女の鱗が逆立った。そうした目をいままでに見たことがなかったのだ。スクリーン上ではティガフを何度か見ていたのだが……

ティガフの目は巨大で真っ黒で、光をすべて吸いとってしまうような目だった……表面がなにも反射しないので、まるで、仮面のように硬直した顔にくりぬかれた大きな穴のように見えた。フ＝ドゥルナデは一瞬、ティガフからはなれなければという妙な気持ちになった。そうしないと、その目の力で底知れぬ深みに落ちこんでしまうような気がしたのだ。

ティガフはふたたび、獲物として選んだヴォーチェ人の若者に注目した。フ＝ドゥルナデは、ティガフの残忍で空虚な目をのぞくのをやめたとたん、自信がもどってきた。あらためて、ティガフと若者のあいだに入る。こんどは危険なはさみのほうにじっと視線を向けていた。

「そこをどくんだ！」ティガフが虫の鳴くような声でいった。その声を聞いて、フ＝ドゥルナデは故郷惑星に吹いていた風の音を思いだした。

「どくものか！」フ＝ドゥルナデはそういいかえした。その声には、冷たい怒りがこもっていた。「ションドログのところにもどって伝えよ。おまえの支配はあと何日もつづかないと。今後はこのわたし、フ＝ドゥルナデがススラーを支配する」

ティガフは彼女がいいおえるのを待ってから、ふたたび平然と動きだした。フ＝ドゥルナデをよけて、ヴォーチェ人の若者を連れていこうとしたのだ。だが、フ＝ドゥルナデは即座に横にずれて、またしてもティガフのじゃまをした。

ティガフはあまり賢くない。スコプからわずかな知性しかあたえられなかったからだ。フ＝ドゥルナデの真剣さに気づいたティガフは即座に、ヴォーチェ人の若者にくわえて彼女も連行しようとした。ションドログは最近、ただでさえ生肉に飢えている。ティガフ用に一片の肉さえのこらないほどなのだ。

ティガフははさみをあげて大きく開き、フ＝ドゥルナデに襲いかかる……その後、はさみは空《くう》を切っただけで、大きな音とともに閉じた。獲物に逃げられたという信じられない事実にティガフが気づくより早く、なにかがくずおれる音がした。ティガフがなすすべなく床に倒れる。脚が二本、折れている。フ＝ドゥルナデのかたい鉤爪が、ティガフの膝関節の下にある装甲をすばやく破壊したのだ。

ティガフは虫が鳴くような奇声を発しながら、なんとか立ちあがろうとしたが、いまや下半身の装甲がもろく傷つきやすくなっている。ティガフは恐ろしげなうつろな目でフ＝ドゥルナデを見つめた。

若き原母は倒れた敵を見おろしたが、驚いたことに、怒りは消えていた。ティガフにとどめを刺そうとは思っていなかったのだ。それどころか、この生物にふいに同情を感じた。これほど感情的に行動したことが悔やまれる。自分がいかにひどい傷を相手に負わせたか、あとになってようやく理解した。そうするつもりはなかったのだが。

彼女はティガフの上に身をかがめたが、ふいに相手の空虚な目を見つめることができなくなった。なぐさめるように、相手の硬直した顔をとてもやさしくなでた。

「かわいそうなことをした」と、フ＝ドゥルナデ。「かならず事態を改善しよう。約束する」

ティガフは自分の出しているぴいぴいという音に自分で驚いていた。通常ならもっぱら交尾のさいに出す、やさしげな音だったのだ。不安と苦痛は消えていた。ティガフは巨大なまぶたを閉じ、満足げな声をあげてまどろみはじめた。

ヴォーチェ人たちがもどってきたことにティガフは気づかなかったものの、フ＝ドゥルナデはそれを目撃し、かれらの目に憎悪が宿っているのを見逃さなかった。ヴォーチェ人はいままで、自分たちの鞭ではティガフにかなわないとあきらめていたが、相手が床に無力に横たわっているのを見て、いままでの恐怖が憎悪に変わったのだ。犠牲になりかけた若者がいま活発で元気に動いているのを見ても、かれらの憎悪は消えなかった。先頭の数人が鞭を手にし、怒りながら大きな音をたててうならせる。ティガフは心地よいまどろみから目ざめて、不安と絶望の声を出した。おちつこうとしてもむだだった。空中ではさみをはげしく振るう。フ＝ドゥルナデは急いであとずさりした。思いがけずヴォーチェ人の鞭を目の前にして、叫び声をあげる。

「やめなさい!」だが、ヴォーチェ人は彼女のことなど気にしない。鞭が彼女に巻きついてきた。すると、ふたたび彼女のなかに強い怒りが目ざめた。彼女は鞭をつかみ、相手が鞭を手ばなす前にその持ち主を群集のなかから引きずりだす。

彼女が捕まえたのは、この荒くれ集団の指導者だった。彼女はその指導者の頸をつかみ、からだを揺さぶる。ヴォーチェ人は恐怖のあまり絶叫した。死の不安を感じたせいで、からだが粘液でおおわれる。ほかの連中はびっくりしてあとずさりした。

フ＝ドゥルナデはかれらを怒りの目で凝視し、次の攻撃にそなえたが、ヴォーチェ人は畏怖の念をこめて彼女をしずかに見つめるだけだったので、彼女の怒りはまたしても消えてしまった。

彼女は指導者をそっと横にすわらせて、やさしくなでた。かれのからだがふたたび乾くと、全身を注意深く観察してみる。その結果、重傷を負ってはいないことが確認できた。かれはいまや攻撃的でもなければ卑屈なようすもなく、ただ愛情と信頼に満ちた目で彼女を見つめていた……ほかのヴォーチェ人たちもなにか感じるものがあったようで、フ＝ドゥルナデのほうに近づいてきた。戦闘にそなえたわけでも、うしろめたい気持ちを感じているわけでもなく、子供のように人なつっこい気持ちになっていたのだ。女ヴォーチェ人がひとり、響いているシロフォンの上に器用に跳びうつって、すばらしくやさしい歌を奏でる。その一方で、ヴォーチェ人たちはティガフの折れた脚に副木を当てていた。男の数人が演奏に気づいていっしょに歌いはじめたが、かれらの甲高い大声は柔らかな旋律をぶちこわしてしまい、響きわたっていたシロフォンのハーモニーが恐ろしい不協和音へと変貌する。だが、それに気づいたヴォーチェ人はひとりもいなかった。フ＝ドゥルナデだけは、その恐ろしい騒音から逃げだしてしずかな小部屋に入り、ようやく安らぎを得た。

　　　　　　　＊

　こうしてなぜか突然、スナルヴ、ティガフ、ヴォーチェ人は和睦した。ほんの数時間前までたがいに恐れあっていたことが嘘のようだった。

　だがフ＝ドゥルナデには、このなりゆきに驚いているひまはなかった。水族館の内部には、たがいに敵対しているらしいほかのグループもいたからだ。フ＝ドゥルナデは、自分にきついトレーニングを課したマシン類に感謝した。あの徹底したトレーニングがなかったら、おそらくあっという間に祖先の霊の仲間入りをしていたことだろう。

　しかし、フ＝ドゥルナデは非常に知的な生命体である。いまの事態がきわめて奇妙であることにすぐ気がついた。

　自分が負傷させたティガフは、なぜ死を覚悟しながら自分に忠誠を誓ったのか？　また、あれからどこに行っても、すべてのティガフがこちらを守ろうとするのはなぜか？

「それはかれらの出自と関係があります」と、水族館が説明する。「かれらが完全な個体としてではなく、細胞サンプルのかたちでわれわれのもとにやってきたことを忘れてはいけません。たとえその後、何度も繁殖をくりかえしたにせよ、もともとはひとつ。かれらはあまりに同質なため、同胞の感情をそのまま自分のものとして感じるのです」

フ゠ドゥルナデはこの説明で納得した。ほかにもっと重要な問題が山積しているからだ。

かれはまだ生きている。ティガフやヴォーチェ人を支配できなくなったので、ほかの生命体に関心を持つようになるはず。そして、そうした生命体はかれに食糧を調達するようになるだろう。いざとなったら、ションドログは即刻、味方の総入れ替えをすることができる。それをさておいても、フ゠ドゥルナデがあまり多くのグループに同時に入れこんでいると、いまは彼女の味方である者たちも考えを変えるかもしれない。

水族館の底部で突然、一名のティガフに出くわしたとき、相手はフ゠ドゥルナデとのつながりをすっかり忘れ、はげしく攻撃してきた。命を失いかねないと思ったフ゠ドゥルナデは、ふいにパニックになり、そのティガフを殺してしまった。驚いてその場を去ったのだが、彼女はひどく仰天した。ティガフがなんらかの個別的理由で自分を殺そうとしたわけではなかったと、最後の瞬間にわかったからだ。ティガフはなにかに操られていた……ションドログか？

「それ以外にありません」水族館が確信ありげにいった。「あなたはかれをたたきのめすべきです……なんとしても！」

フ＝ドゥルナデは納得し、戦いの準備に入った。激戦はまぬがれまい。

彼女はその後、幾多の戦闘をおこない、勝利をおさめた。水族館が彼女に、特殊プログラミングを施したロボット相手にトレーニングするよう進言したとき、彼女はそれを拒否した……自分の能力に自信があったからだ。だがその直後、通廊に出たとたん、いきなりションドログと出くわす。ションドログはいつもと違う方法で攻めてきた。自分のからだを使わず、メンタル攻撃をしかけてきたのだ。フ＝ドゥルナデはその戦いに敗《やぶ》れたが……あとになって、そのときの敵はじつはションドログではなく、ロボットだったことを知った。

「うぬぼれないよう気をつけなさい！」水族館はそう警告を発し、フ＝ドゥルナデはそのアドバイスを肝に銘じた。

彼女はションドログのヒュプノ性オーラに対抗するべく、困難なトレーニングを何日も実践した。ションドログがティガフやヴォーチェ人に対する支配を奪還しても、彼女は耐えしのんだが、そのとき感じた心理的な苦痛はさらに強くなった。

トレーニングが短い休止に入ると、彼女は敵を観察し、敵の生活リズムを調べた。

ションドログはクロヴ種族の一員だが、水族館内にクロヴはほとんどいない。正確には、目下ションドログだけといってもよかった。というのも、かれは自分の卵が孵化するのを熱心に見守っているのだが、そのなかからようやく子供が出てくるのは数週間後のことだからだ。ションドログの妻は産卵後に死んだ。水族館の説明によると、それが自然のなりゆきだという。女のクロヴは、卵を産むと死ぬのだ。一度の産卵で一体か二体の女クロヴが生まれる。男のクロヴは女を奪いあって戦い、生きのこるのは最強の男だけ。その男が卵の番をし、ほかの生物に自分と子供の面倒を見させるのだ。

ションドログは眠ることがなく、せいぜい短時間まどろむ程度だった。かれ自身は孵化室を去ることはない。だが、そのメンタル力が水族館の底部にまでいきわたり、他者を強制して自分にしたがわせているのだ。すくなくとも一日に一回は食事を要求する。かれが摂取するのはもっぱら生肉だった。野獣のように獲物にかぶりつき、その鋭い爪で引き裂き、血のしたたる大きな塊りをのみこむ。かれは外見も、知性体というよりは野獣に似ていた。丸々と太った体格と長い尾は、宇宙ステーションよりも沼地に似つかわしい。かれは熱く湿った空気を必要とする。とくに食後は熱湯につかるのが好きで、そのあとはほとんど動かず、しばし横になっている。そのあいだは〝家来たち〟は自身の生活について気にかけるひまができるのだ。

「この問題を解決するのはかんたんなはず」フ＝ドゥルナデはションドログを長いあい

だ観察したのち、そう口にした。「冷たく乾いた空気を当てれば、かれとその子供はきっと死ぬ」

「わたしは生命体を維持するべく建造されました！」水族館の口調はきつかった。「自分のなかに収容している生命を滅ぼすことはできません」

「スコプが命令しても？」フ＝ドゥルナデが訊いた。祖先がそれほどお人よしだったとは、とうてい思えないからだ。

「答えは同じです」水族館が答えた。

「でもおまえは、生命体が宇宙ステーション内のほかの住民を殺すのを認めているではないか？　ほかの住民を奴隷化したり、暴力を振るったりすることも」

「わたしの任務は、生命体を維持することです」水族館はしずかにくりかえした。「住民たちがたがいに殺しあうのを好むとしても、それはわたしとは関係ありません。それに干渉することは、わたしには許されていません」

「スコプ種族はなんのためにおまえをつくったのだ？」フ＝ドゥルナデがしつこく訊く。「生命体を維持するためだけ？　もしそうなら、住民を故郷惑星に送りかえすほうがいいのでは？」

「スコプ種族がわたしをつくったのは、生命体を維持するため。そうすれば、スコプがそれを観察できるからです」

「でもいま、観察する者はだれもいないではないか」と、フ＝ドゥルナデが考えさせることをいう。「スコプの唯一の生きのこりはわたしだ。わたしを守るのがおまえの最優先の任務ではないか？　ションドログを殺すのに理由はいるまい？　かれは危険な敵だし、わたしはこの戦いで敗れるかもしれないのだ！」

「その場合、わたしはションドログを麻痺させ、あなたの安全を確保するでしょう」水族館はそういってから、得意そうにいいそえた。「あなたのからだがあれば、わたしはどの細胞からもあらたな一スコプをつくりあげることができます」

「たいしたものだ！」フ＝ドゥルナデは当てこすりぎみにそういった。自分のあとにつづく〝原母たち〟のことを想像してみる。みなクロヴと戦うが、宇宙のどこかでスコプ種族が復興できる惑星を見つけるという、本来の問題を解決することはできないのだ。

「その前にションドログを麻痺させれば、いろいろな手間がはぶけるのではないか」

「わたしにとり、手間は苦労ではありません」水族館は親しげにいった。「どのみち、孵化室はずいぶん長いあいだ空《から》っぽですし」

フ＝ドゥルナデはこのまま話をつづけても合意にはいたらないと思った。だが、祖先に対する尊敬の念は地に落ちた。機会がありしだい、水族館をプログラミングしなおさなくては……ただし、自分がションドログとの戦いで生きのこったらの話だが。いずれにしても、水族館の助言には用心する必要がある。

あるとき、彼女は自室を出て、スナルヴの居住域におもむいた。

なぜか彼女はこの愛すべき生命体が気になっていた。ヴォーチェ人とティガフがふたたびションドログの影響下に入ったときには、かれらの安全を確保してやらなければと、心配りしている。スナルヴはそんなフ＝ドゥルナデの気持ちをありがたく思い、大よろこびで彼女を迎えた。

「ここにきたのは、大きなお願いをするため」フ＝ドゥルナデは単刀直入に告げた。「わたしはションドログとその手下たちを打倒するつもりだ。それが実現すれば、われわれはやっとおちついて平和に暮らすことができる。でも、あなたたちの助けがなければ、わたしはこの戦いで敗れてしまうだろう」

スナルヴたちはたがいに見つめあい、居心地悪そうに棘をがさがさ鳴らした。よりによって自分たちが、ションドログとの戦闘で役にたつとは、とても想像できないのだ。

だが、水族館からくわしい話を聞いたフ＝ドゥルナデは、自分のすべきことがわかっていた。クロヴを亡《な》き者にしなければならない。

助けをもとめることができるのは、スナルヴに対してだけだ。ほかの種族は多かれすくなかれションドログの影響を受けているからで、その影響力はションドログが死んでも継続しそうだった。昔から独自性をたもってきたのはスナルヴだけ。ションドログはもちろん、スナルヴにも影響をあたえることはできたはずだが、していない。なんの得もないからだ。家来たちに強制すれば、ほかの生命体を殺して持ってこさせることができる……かれのメンタル力は、他者に自殺を迫るほど強力なものではないが。それに、そもそもスナルヴは狩りが下手なのだ。ションドログがいくら命じてもうまくはなるまい。スナルヴはションドログにしてみれば、獲物として関心があるだけの存在だった。

「戦闘に参加せよというのではない」フ＝ドゥルナデはそう約束してスナルヴを安心させた。「ただ、いざというときに近くにいてほしいのだ。わたしはションドログに勝てると確信しているが、勝ったところでなんにもならない。なぜなら、水族館がションドログの体細胞から新世代のクロヴを培養するからだ。ゆえに、ションドログが死んだらすぐにそのからだを殲滅《せんめつ》しなければならない。かれが育てている卵も同様だ」

スナルヴも肉食種族ではあるのだが、水族館内にはかれらが打ち負かせる生物がいないので、ずいぶん前から宇宙ステーションが提供する人工肉でがまんしている。いまの時点で存在する五百名ほどのスナルヴが狙いを定めた行動に出れば、ションドログをその卵もろとも、短時間でかたちをなくさせ、排除することができる。この〝栄養分〟を再利用しろと、たとえスナルヴが水族館に強要したところで、それは不可能だろう。スナルヴの栄養摂取の手段は強酸である。かれらのからだには、歯や牙のかわりに、酸が通る管があった。これにより、食べ物はひとロごとにたちまち粥《かゆ》状になる。骨も殻も、そのほかのかたいものも、酸にはかなわない。スナルヴは食べ物を嚙まずにのみこむだけなのだ。その粥状物質のなかには、無傷の細胞などほとんどふくまれない。

スナルヴはフ＝ドゥルナデの計画をすぐに理解した。

「でも、あなたが戦いで敗れたら？」数名が暗い声でたずねた。

フ＝ドゥルナデは水族館の言葉を思いだし、こう答えた。

「そのときはションドログはしばらく動けなくなるから、あなたたちには撤退するだけの時間が充分にあるだろう。ただ、ションドログの知らないうちに、卵に近よることはできるかもしれない……水族館があなたたちのことも麻痺させたりしなければの話だが。わたしのことは心配いらない。もしものときには、わたしの細胞からあらたなフ＝ドゥルナデが育成される」

スナルヴたちは完全に納得したわけではなかったが、最善をつくすと約束した。フ＝ドゥルナデはスナルヴの居住域を去り、かれらを守るためにつくったバリケードを壊した。スナルヴが四方八方に走っていくのが見えた。かれらはかたく決意してションドログ討伐に向かったのだ。

途中でフ＝ドゥルナデは何度か奇妙な痛みを感じた。それは、肉体的というより心理的なもの。原因はわかっている。水族館が本当の顔を見せたことだ。水族館の任務は生命を守ること……おのれのなかに収容しているすべての生命を。水族館はフ＝ドゥルナデだけでなく、スナルヴもションドログも失いたくないのだ。だからスナルヴがふたたび狩りに出たことを、ションドログの手下に知らせるだろう……

しかし、スナルヴはおろかではない。いまは狙いをただひとつに定めているし、フ＝ドゥルナデに好意をいだいているので、リスクはほとんどおかさなかった。ションドログの孵化室に近づくまでに殺されたのは、わずか十名ほどだ。自分がそれを正確に知っていることを、フ＝ドゥルナデは不思議に思った。

不思議なことはまだある。スナルヴたちがさまざまなかくれ場に集まって、熱心に任務を遂行しようとしているのが感じられるのだ。かれらは、やっと不倶戴天《ふぐたいてん》の敵をやっつける機会がきたと思ってそうしているわけではない。それは明らかに二次的なもの。スナルヴたちはなによりも、フ＝ドゥルナデから命令されたことを実行したいと望んでいるのである。かれらは、フ＝ドゥルナデが自分たちを信頼してこんなに重要な使命をまかせてくれたことで、大よろこびしていた。その行動はまるで……

フ＝ドゥルナデは思わず立ちどまった。スコプの生活に関する事実はすべて知っているし、自分が何者なのかもわかっている。自分は、生活に適した惑星で発展していく、未来の一種族の原母なのだ……そういわれつづけてきた。女スコプであるからには、子供を産み、それ相応の気配りをもって育てるつもりでいた。

だが、男のスコプがいないというのに、どうして子供を産むことができるのか？

自分は原母ではなく、一種族の代表にすぎない。自身が子供を産むことは絶対にないのだ。このからだは、ほかの原母をつくる材料になるだけ。すでに次の原母がべつの方法で育成されているのかもしれない……その原母はまず、惑星フ＝ドゥルナデがふたたび生命の住める場所になるまで待たなければならないことを学ぶのだろう。

その計画を、水族館は知っていたのだ。二度とふたたび生命が住めないであろう死の惑星からフ＝ドゥルナデがはなれたがっていることも、水族館は知っていた。だが、それを承認することはできなかった。フ＝ドゥルナデがションドログと戦って死ねば、その後は彼女よりも従順な原母があらたに育成されることになる。だが、水族館はしょせん、想像力を持たないただのマシンだ。べつの原母を長らく待っていれば、ついには手遅れになり、スコプ種族のチャンスが失われてしまう。

そこに水族館の誤算があった。フ＝ドゥルナデはまだとても若く、水族館にしてみれば、まだシコプ……つまりは少女であり、成熟した女スコプの感情とは縁遠い存在だ。しかし、フ＝ドゥルナデはただの女スコプではない。しかも、共感を抱きあう子供たちがいた。スナルヴである。ヴォーチェ人やティガフ、さらにはそのほかの種族も子供たちであり、かれらがションドログの影響を受けていることに、彼女は心を痛めていた。

昔のスコプはわたしが思っているより賢かったのだろうか。フ＝ドゥルナデは一瞬、そう自問した。そのとき、ふいに彼女の頭部感覚器が血と死のにおいに気づいた。

ションドログがいつになく孵化室を開放し、その入口で戦闘準備をととのえていたのだ。フ＝ドゥルナデは、自分の脳内にションドログが入りこもうとしているのを感じた。ついにその入口を見つけたらしい。

わたしは水族館にだまされたのだ、と、彼女は気づいた。水族館の嘘を信じて自分がしてきたトレーニングは、ションドログのメンタル攻撃から守るためのものではなく……まったく逆だった。いまや彼女はそのミスに気づき、もっと早く気づかなかったおろかさを反省した。ションドログがいままで獲物をどうあつかっていたか、それを見てきたというのに！　それでもわたしは、ションドログがもっぱら心理戦をおこなうという水族館の言葉に納得してしまったのだ。

ションドログが自分のほうに突進してきたとき、フ＝ドゥルナデは驚きと恐怖のあまり、硬直状態におちいった。敵は鉤爪を立て、想像を上まわる速さで接近してくる。フ＝ドゥルナデは鱗をひろげ、ただ祈る以外なにもできない……。

そのとき、叫び声が通廊内に響きわたり、ションドログがジャンプの途中で引っくり返った。一スナルヴが、電光石火の速さで換気口をくぐりぬけてくる。その右側にはべつのスナルヴがあらわれ、はげしい声をあげたと思うと、姿を消した。

ションドログはスナルヴを追いかけまわし、怒って食らいつこうとしたが、相手が再三するりと逃げるものだから、うなり声をあげた。フ＝ドゥルナデは敵のメンタル力がしだいに消えていくのを感じた。自分はもう無力な餌食《えじき》ではない。

と、そこへ──ティガフが通廊の反対側に姿をあらわした。

「かれらを助けて！」フ＝ドゥルナデは、ションドログが息を切らしてスナルヴを追いかけているあいだに、ティガフに向かって絶叫した。

ティガフがこちらに走ってきたので、彼女は一瞬、判断を誤ったかと思った。だが、ティガフは彼女の横を通りぬけ、激怒しながらションドログに向かって突進した。その後、すぐにヴォーチェ人の一団が割りこんでくる。かれらは怒って鞭を振り、ティガフに加勢した。通廊にいる全員が悲鳴とうなり声と絶叫をあげながら、ションドログにとどめを刺そうとした。

フ＝ドゥルナデは茫然として壁によりかかるだけで、その戦闘に参加できない。勇敢なスナルヴ数名がションドログの爪で殺された。かれらの痛みをフ＝ドゥルナデは感じ、むなしさをおぼえる。ティガフが重傷を負ってのたうちまわり、ヴォーチェ人数人が負傷して横たわる。フ＝ドゥルナデは、自分も死ぬのではないかと思うほど強烈に〝子供たち〟の苦悶を感じた……そしてついに、ふたたび怒りがかきたてられる。

彼女は立ちあがって、この混乱ぶりに目をやった。なにもいわずとも、まるで命令を受けたかのように〝子供たち〟が退却したので、彼女はションドログの姿を目にすることができた。

ションドログは家来たちの輪のなかに立っている。かれらが突如として自分に対する敬意を失い、殺意に燃えていることが、このクロヴをいらだたせていた。それはともかく、数カ所にひどい傷を負っている。仇敵《きゅうてき》フ＝ドゥルナデの姿を目にして、ションドログのからだは震えはじめた。

周囲には獲物になりそうな連中が大勢いるというのに、いまの状態では、その全員を同時に呪縛することはできない。すべてフ＝ドゥルナデのせいだとションドログはぼんやり思い、彼女にメンタル力を集中させた。だが、こんどは彼女は抵抗することができた。ションドログのからだが震えているのは不安のためではなく、反射的に敵に跳びかかりたいからなのだが、フ＝ドゥルナデの意志力がそれを阻止する。

「あそこに行って、卵をつぶせ！」

フ＝ドゥルナデの命にしたがい、数名のスナルヴが孵化室に急いだ。ヴォーチェ人が二、三人、かれらのあとを追う……競争心からではなく、スナルヴが本当に卵をすっかりつぶしたかどうか確認するためだ。

「これでおまえの卵はすべて失われた」フ＝ドゥルナデがそういうと、ションドログは怒ってうなったが、それでもその場から動くことはできなかった。「おまえも同じ運命だ。死ね、ションドログ！」

その言葉でションドログは床に倒れこみ、死んだ。

6

スティラは、ことのほか安堵した。ドアをノックする音がし、一看護師が合言葉を口にしたのだ。その直後にほかの看護師も姿をあらわした。だが結局、レッカムとその仲間をまだ信用しているのはごく少数だった。

残念ながら、看護師たちにも手立てはなく、フ＝ドゥルナデは生きてはいるが、なんの反応もない。意識を失っているのか、それとも思い出に呪縛されているだけなのか、それさえわからなかった。フ＝ドゥルナデのからだに触れても絶望が深まるだけだった。

スティラは折りを見て次の歌にとりかかった。まだ希望を捨ててはいなかったのだ。フ＝ドゥルナデ自身が最終瞑想段階だと設定していた瞬間がくれば、きっと目ざめるのではないか。

レッカム配下の歩哨たちが外に立っている。かれらは武器を携行して、つねにスティログの攻撃にそなえていた。だが、スティログの動きはない。アハニーとそのほか数人の若いヴォーチェ人が換気口のなかを音もなく這っていき、反乱者たちとプカを探している。だが、スティラもレッカムも幻想をいだいてはいなかった……宇宙ステーションは巨大で、かくれ場が多いのだから。

看護師たちがふいにおちつきを失いはじめたので、スティラは身をすくませた。皮膚に湿膜が張る。

「不整脈になっている」ボルガという名の年かさの女ヴォーチェ人が告げた。

スティラは捨てばちな気持ちであたりを見まわしたが、ここには自分たちを助けてくれる人などひとりもいなかった。そのときスティラは突如、音楽が室内に響いていることに気づいた。

「探索の歌ね」そうわかってほっとした。「フ＝ドゥルナデはいつもこれに強く反応するのよ」

「脈が変化するかしら？」ボルガが不安な面持ちでたずねた。

「それはわからない」と、スティラが白状した。「演奏をはじめれば、わたしたちは脈をみていられないから。でも以前は看護師たちも、ときどきは瞑想のあいだ、フ＝ドゥルナデにつきそっていたものよ」

「それはきっとずいぶん昔の話ね」ボルガは暗い気持ちになっていた。「いずれにしてもわたしはおぼえてないわ」

「フ＝ドゥルナデ自身がわたしにそう語ってくれたの！　昔は看護師たちがそばにいた

って……原因がわかりさえすれば……」

ノックの音がした。スティラはドアに駆けよる。男ヴォーチェ人がひとり立っていて、外に出るよう、興奮ぎみに合図した。彼女はかれについて、通信機のところまで行った。これはフ＝ドゥルナデの個室内には設置されていない。ささいな連絡で瞑想をじゃまされるのを彼女が嫌うからだ。目ざめているあいだは、宇宙ステーション内やその周辺でなにか起きたら女護衛が連絡してくるし、彼女自身がなにかする必要があれば自分で部屋から出ていく。男ヴォーチェ人の声によってシロフォンの和音がじゃまされるのを、フ＝ドゥルナデはがまんできないのだ。これまでは、ステーション内のだれもが暗黙のうちにそのことを尊重していた。だがスティラはいま、フ＝ドゥルナデが緊急事態にそなえて通信機を設置していればよかったのにと思った。

スクリーンにレッカムがうつっているのを見て、スティラはほっとした。だが、同時に不安にもなる。ただでさえ忙しいレッカムが直接、第一護衛の自分に連絡してくるのは、緊急事態のときだけだからだ。

「未知の船団がローランドレの関門を通過した！」スティラの姿を見るなり、レッカムは興奮してそう告げた。

だがスティラには、それがいまかかえている問題となんの関係があるか、わからなかった。未知の船団……たしかに異常事態だろうが、そんなことに関わるのは門閥の母の任務ではない。ただいずれにせよ、その報告は受けとめた。いままでに一度たりとも、未知の船団についてなど耳にした記憶はなかったからだ。

「スティラ！」レッカムの声が切迫している。「意味がわからないのか？　その船団は無数の宇宙船で構成されている。門閥の船ではない。〝外から〟やってきたのだ。フ＝ドゥルナデはわれわれに、門閥に助けをもとめることを禁じた。だが、異種族についてはなにもいっていない！」

スティラにもようやく事態がわかりはじめた。興奮のあまり、喉が震えだしたので、声が出ない。やっと絞りだすようにこういった。

「つまり、その未知船に乗っている生命体に助けをもとめろというのね？」

「そういうことだ！」レッカムが勝ち誇ったように大声を出した。「スティラ、その宇宙船を建造した生命体はきっと聡明にちがいない。関門を通過したのだからな。フ＝ドゥルナデを救う治療法も心得ているはずではないか？」

スティラは考えに考えたが、心が乱れて、ほとんど目眩《めまい》がしそうだった。

まず、フ＝ドゥルナデのことを考える。異種族を前にして、主人はどう反応するだろうか。もし、このような場合に〝子供たち〟が異種族と話すのを禁じるとしたら、フ＝ドゥルナデがそうした異種族の出現などまったく予測していなかったという単純な理由しか考えられない。だが、言葉の意味を厳密に考えることにかけては、ヴォーチェ人はじつに長《た》けている。フ＝ドゥルナデが厳格に禁じたのは、門閥の者を呼ぶことことだけだ。もしかしたら怒って、レッカムとスティラを罰するといいだすかもしれないが、フ＝ドゥルナデの怒りはそうした場合、長くはつづかない。それに……もしこれによってフ＝ドゥルナデの命を救うことができるのなら、自分はよろこんで罰を受けるだろう。

だが、異種族は助けをもとめる声に応えてくれるだろうか？ 本当に外からやってきたのなら、門閥の母の命など、かれらにとってなんの意味があろう？ それに、もしかれらがここにきたとしても……フ＝ドゥルナデのためになにができるのだろう？ 看護師たちでも役にたたなかったというのに。看護師たちが非常にすぐれた治療法を心得ていることに対して、異議を唱える者はひとりもいない。彼女たちが高度な教育を受けていることを、フ＝ドゥルナデは非常に重視していた。ただし、門閥の母に関してとなると、彼女たちの知識にも限界があった……フ＝ドゥルナデがいままで病気知らずだったからで、驚くべきことではない。

しかし、たとえ異種族がスティラや看護師たちと同様、フ＝ドゥルナデを前にしてとほうにくれるとしても……それに賭けてみる価値はあった。

「やってみましょう」スティラはそう決断した。

主人のもとにもどり、フ＝ドゥルナデを見つめて考えこんだ。探索の歌が依然として響いている。スティラは考えた。フ＝ドゥルナデはこの響きを聞きながら、どういう光景を見たいと思っているのだろうか……

＊

ションドログの死は水族館のすみずみにまで作用をおよぼした。フ＝ドゥルナデは、勝利の直後にはすでにそれを知っていた。

「おまえの計画は実現しなかった」フ＝ドゥルナデは水族館に向かって勝ち誇るようにいった。「おまえはわたしがションドログに殺されることを望んでいた。そうなれば、自分で次の原母を育てることができるからだ……おまえの助言に素直にしたがい、おまえが永遠にこの死んだ惑星をめぐるのを許してくれる原母を。しかし、ションドログは死に、おまえがあらたなクロヴを育成することはもうできない。そして、わたしは生きている。おまえはわが祖先のものであるこの惑星を去り、新しい世界を探しに出よ！」

静けさが長くつづいたため、フ＝ドゥルナデはもうすこしで、水族館にはもう自分と話す気がないのだと思うところだった。相手はまたべつの陰険な計画を考えだそうとしているのかもしれない。だがそのとき、なじみのある声が聞こえた。ほとんど忘れかけていた声だ。

「あなたが殺したのはションドログだけではありません。ススラーもまた死んだのです」

「データ収集機か！」フ＝ドゥルナデは驚きの声をあげた。「おまえはもういないものと考えていたが」

「わたしはマシン類の同盟に吸収されました。ともに協力して、水族館を建造したマシン類です」これがデータ収集機の説明だ。「これらマシン類が共通してになう任務はただひとつ……かつてのデータ収集機が連れてきた生命体をすべて維持することでした。それが失敗したため、同盟は解体しました。あなたの知る水族館はもう存在しません」

「つまり、われわれ全員が死ぬ運命ということか？」フ＝ドゥルナデは驚愕した。

「いいえ。個々のマシンはいままでどおり動いていますし、宇宙ステーションが食糧を供給し、空気と水を提供できるよう、今後も協力しあうでしょう。ただ、マシン類の共通意識はなくなりました」

「ならば、とりあえず水族館がわたしの命を狙うことはないな」フ＝ドゥルナデはほっとした。

「その命そのものがあなたを滅ぼすでしょう！」

「こんどはなにがいいたい？」フ＝ドゥルナデは疑わしげに訊いた。

「この宇宙ステーション内に生息するほとんどすべての生命体は、本能的に狩人なのです」データ収集機はおちついて説明した。「かれらの習慣は、ほかの生命体を殺してその肉を食糧にすること。長いあいだ、水族館は大変な苦労をして、かれらをたがいから守ってきました。かれらがとても強烈な狩猟本能を持っていたからです。いまではかれらは水族館があたえる食糧に慣れてきましたが、それに満足しなかった種族がひとつだけありました。クロヴです。そこで水族館が気を配り、一度にひとつかふたつの卵しか生まれないようにしてきました」

「あの野獣はもっと早くに根絶したほうがよかった！」フ＝ドゥルナデは怒りをおぼえた。

「水族館が生命体を殺すのは禁じられていたのです」データ収集機はきびしく答えた。「しかし、もしクロヴがいなかったら、水族館はそうせざるをえなかったでしょう。これから宇宙ステーションが平和になると思いますか？　それは間違いです、フ＝ドゥルナデ！　いまいる生命体は人工肉を食べています。かれらに他者を殺せと強要したのは、ションドログとほかのクロヴだけでした。しかし、今後はかれらも殺さなければならなくなります」

「どうして？」

「そうしなければ、数が増えすぎてしまうからです。ここは惑星ではなく人工ステーションなのですよ、フ＝ドゥルナデ。入念に計算されたうえで内部のバランスがたもたれています。生命がひとつ生まれたら、ひとつは死ななければなりません。クロヴはいわばそのバランスの危機を食いとめていたのです。クロヴがいなくなったいま、ほかの生命体はよろこんで数を増やすことでしょう。しかし、食糧の量は変わりませんので、すぐに不足してしまいます。そうすれば、かれらはもともとの本能のままに行動するようになるはずです。ふたたびバランスをとりもどすまで、たがいに襲いかかり、食らいあいをするでしょう。あなたにとって、そうした苦悩と死は耐えがたいはずです、フ＝ドゥルナデ！」

彼女は愕然としつつも熟考していたが、やがて怒って肩をそびやかした。

「かれらに命令をあたえ、一定数の子孫だけを産むようにさせる！」彼女はそう叫んだが、それがなにを意味するかは意識していなかった。「おまえもわたしの命令にしたがうのだ、データ収集機！　かつて水族館を建造したマシン類は、いまや共通の意識を持たない。これはいいことだ。なぜなら、そうした意識はわが計画のじゃまになるから。水族館は、自分がめぐっている惑星にふたたび生命が存在することはないというのが理解できなかった。しかし、おまえはずっと前からそれを知っていたはず。だからこそおまえに、スコプ種族のためのあらたな惑星を探すという命令がくだったのだ。しかし、おまえは大きくなかったので、その使命をはたすことはできなかった。だが、いまは充分に大きくなっている！　おまえがこのステーションのあらたな共通意識となるのだから。わたしとわが子供たちを、ほんものの惑星に連れていくのだ！　そこでなら、全員の住める場所がある！」

「わたしはすでにとても長く旅をしてきました」と、データ収集機がいった。「あなたが計画している探索は、それよりずっと長旅になるでしょう」

「そんなことはかまわない」フ＝ドゥルナデは頑固に主張した。「下に見えるあの埃《ほこり》と砂嵐だらけの世界では、われわれはだれも生きていけない。スコプの祖先がのこしたマシン類さえ、とっくに塵と化している」

データ収集機はかなり長いあいだ沈黙したあと、こう告げた。

「このステーションには自前の推進装置があります。ですが、それは軌道を一定にたもつためだけに使われていて、それ以外の任務を引き受けるのは拒否するでしょう」

「その装置と話しあおう」フ＝ドゥルナデは、あらたに目ざめた自覚をいだいてそういうと、強情なマシン相手にスコプの言葉で話しあった。交渉が終わり、装置がフ＝ドゥルナデの命令にしたがうと告げると、データ収集機はほかの問題にとりかかった。

フ＝ドゥルナデは、疲れてリラックスしたくなると、頻繁にヴォーチェ人のところに行くようになった。シロフォンの響きを耳にするためである。シロフォンが響いていると、男ヴォーチェ人たちは自然にいっしょに歌いはじめるのだが、そうなるとリラックス効果はほとんどなくなってしまう。やがて男ヴォーチェ人のあいだでは、フ＝ドゥルナデが姿をあらわしたらシロフォンの部屋から出ていくというのが不文律になった。かつてある日のこと、ステーションの準備がととのったとデータ収集機が発表した。

の水族館は、いままで数万年もめぐってきた死の惑星の軌道を重々しい動きではなれ、はてしない宇宙へと飛び去った。

＊

それから長い年月が過ぎた。水族館は、データ収集機がいままで一度も行ったことのない宙域に到達した。しかし、どこを見ても、昔のスコプがもとめた条件を満たす惑星は見つからなかった。

「条件を再検討する必要があるのかも」フ＝ドゥルナデはときおりデータ収集機に対してそういった。「生命体の住まない惑星はたくさんある。そうしたところにも住むことができると、わたしは確信している」

だが、データ収集機はその点だけは納得できない。だから、ふたたび永遠の彼方を航行しつづけた。

時間がたつにつれて、スナルヴは動きが鈍くなっていった。もう繁殖もあきらめたので、じきに絶滅するのではないかと思われる。ティガフやそのほか大半の種族も、同様の徴候を見せるようになった。この先どうなるか、だれにもわからなかった。ただし、ヴォーチェ人だけはまだ不屈の生命力を維持していたので、フ＝ドゥルナデの長い道のりにつきそうのはかれらだけになりそうだった。

フ＝ドゥルナデはこうしたなりゆきを見て憂鬱になった。とくに、親切なスナルヴたちがいなくなりそうなのが気になった。だが、ヴォーチェ人がのこりそうなことには安堵を感じていた。シロフォンであの魅惑の音色を奏でることができるのは女ヴォーチェ人だけだからだ。彼女はしだいにその音色になじんでいた。あの音楽を聞けなくなったら、さぞつらいことだろう。

フ＝ドゥルナデは古い記録データを持ちだして、女ヴォーチェ人のなかでもとくに有能な数人に昔のスコプの生活ぶりを伝え、それから得られる印象を音にさせた。砂漠の風の歌を聞いたときには、かつてのスコプの暮らしにあこがれをいだいた。さらにほかの歌も頻繁に聞くようになると、自身が過去にいるような気分になった。そうした音楽を聞いていると、あらたな故郷を探すのを忘れてしまいそうになるときもある。だが、データ収集機が自己の目的に邁進《まいしん》しているので、問題はない。

長い探索のすえにたどりついた宙域は、一見したところ、特別な点などひとつもなさそうだった。だが、いままでとは異なることがあった。なんともいえぬ緊張感がステーション内の住人たちのあいだにひろがったのだ。闘争心あふれる男ヴォーチェ人たちでさえ、どこかから未知の音が聞こえたような気がして、しばしば動きをとめるようになった。

何年も前から惑星探索をデータ収集機にゆだねていたフ＝ドゥルナデだったが、急に頻繁に観測室に姿をあらわすようになった。これは探索のスタート時に、彼女のために設置された部屋である。彼女は何時間も巨大なスクリーンを前にすわり、遠くの星々を眺めた。なかでも、再三にわたって見つめる方向があった。そこに自分を強く引きつけるなにかがあり、それが呼びかけてくるように感じたのだ。そのなにかこそ、長い探索の目的地だと、内なる声が彼女に語りかけていた。

ある日、フ＝ドゥルナデはシロフォン演奏がいちばんうまいビルガを連れて、観測室に行った。ビルガはすぐ、フ＝ドゥルナデが声なき声が聞こえてくると思った方向に目を向けた。とても興奮したようすで、自然と踊りはじめる。ふたりで自室にもどったとき、フ＝ドゥルナデはビルガにたのんで、その新しい旋律をシロフォンで演奏してもらった。歌がたちのぼってくる。すると、はかりしれないあこがれは、探索の目的地がもう手のとどく範囲内にあるという確信になった。

「コース変更！」フ＝ドゥルナデはデータ収集機に命令した。

「変更する理由はありません」自分たちが特別な宙域に到達したという感じを抱いていない唯一の存在であるデータ収集機は、命令を拒否した。

怒り心頭に発したフ＝ドゥルナデは鱗をひろげた。頭部感覚器はもう真っ赤だった。

「命令にしたがわなかったら、目的地を通りすぎてしまう！　おまえも水族館と同じくおろかなのか？　おまえにとってはこの航行の目的地よりも、探索のほうが重要なのか？」

「まったくその反対です。ですが、わたしたちにふさわしいと思われる惑星がある方向を、わたしは探知できません。しかし、そここそ目的地だとあなたがいうなら、コースを変更します。あなたは生命体ですから、わたしのようなマシンが認識できない目的地を、本能が示唆《しさ》しているのかもしれません」

フ＝ドゥルナデの怒りは、生じたときと同じくすぐにおさまった。はてしない宇宙空間にある一点がスクリーン中央に移動するのをじっと見る。

ステーション内の緊張が高まった。ヴォーチェ人はささやき声でのみ語りあっている。ビルガは、いままで聞いたことのないあらたな旋律をシロフォン上で変奏していた。フ＝ドゥルナデはスクリーン前の場所から動こうとしない。なにかが起こると感じていた。気をそらしたらその瞬間を逃してしまうのではないかと恐れ、自室にいるのはなにかを食べるわずかな時間だけとなる。そのときは、どんどん興奮の度を増していくビルガの旋律に耳を澄ませていた。

よりによって、そのわずかな時間に、決定的なことが起こったのだった。ビルガの旋律が歓喜のあまり、突然に大きくなる。それを上まわる非現実的な声が、虚無からフ＝ドゥルナデに呼びかけてきた。

「歓迎の意を表する。きみはこちらの呼びかけを聞き、それにしたがった。きみの探索はこれで終了となり、いまからは任務の準備をしなければならない。その任務はきみと同行者たちにとり、そして全宇宙にとり、非常に重要なものだ。〝トリイクル9〟を守る監視艦隊を編成せよ。きみは、その監視艦隊に所属する最初の協力者となる」

これが実際に長い探索の旅のゴールだったのだと知り、フ＝ドゥルナデは茫然となった。彼女はこれまで、あらたなスコプ種族の原母になりたいという願望を本気でいだいたことはない。自我を捨てて細胞の集合体となり、そこからあらたな一種族が生まれることのほかはなにも望まないと、そう感じたことは一度もなかったのだ。

だが、ここにははるかにすばらしいゴールがあった。彼女は、この任務に最初に選ばれたことに誇りをいだいた。かねてから、自分の内部に空虚なものを感じており、自分と同じ名の死の惑星からはなれたいと思っていた。いま目的を達成して、誇りと満足が満たされた。

あとになって判明したことだが、あの声を聞いたのは自分だけだった。ヴォーチェ人たちはただ、いままでのほとんど耐えがたい緊張感がふいに解け、歓喜が爆発したものらしい。フ＝ドゥルナデは〝子供たち〟との共感的つながりを通じて、自分がかれらに緊張感と歓喜の爆発を起こさせたのだとわかった。そんなフ＝ドゥルナデと〝子供たち〟の感情を、機械であるデータ収集機が理解できないのは当然だろう。データ収集機は探索を続行すべきだと主張したが、そういわれてもフ＝ドゥルナデはべつに驚かなかった。

フ＝ドゥルナデはデータ収集機に探索終了を告げ、同時に、以前とても強情だった推進装置にコンタクトして、今後はデータ収集機の指示を尊重しないようにと命じる。こうしてデータ収集機はかつての水族館と似た状態になった。もはや共通意識と提携することもなくなり、たんなる一マシンになりさがったのだ。

この一件がすむと、フ＝ドゥルナデはやっとリラックスすることができた。彼女はこの時点ではまだ、トリイクル９とはなんなのか、監視艦隊はなんのために必要なのか、それを知らなかった。時期がくればわかるだろう。

きっとすぐにも加勢がたくさんやってきてその艦隊にくわわり、ともにトリイクル９を守る任務に当たることになるだろう。

7

探索の歌があらたなメロディの個所にさしかかり、すばらしい響きと和音がくわわると、スティラはそれに合わせてシロフォンの上に立ってみたいという誘惑に勝てなくなった。そこで彼女は小箱のスイッチを切り、のこりの部分を自分で演奏した。

それは、かつて女護衛のひとりがつくった美しい歌で、スティラは踊るたびに、まったくべつの存在になったような気持ちがした……このメロディを通じ、大昔に死んだ女ヴォーチェ人がすべての論理法則に逆らってあらたに生き返ったような感じなのだ。スティラは、探索の歌をはじめて演奏した女護衛の名をたずねたことは一度もない。フ＝ドゥルナデが、過去についての質問をすべてはねつけたからだ。現時点で山積している問題を解決するほうが先だといって。

その言葉に矛盾があることにスティラがはじめて気づいたのは、誘惑に負けてシロフォンの上に立ったときのことだ。現時点で問題が山積しているなら、なぜフ＝ドゥルナデはこんなに頻繁に瞑想するのか？　なぜ彼女はしばらく前から、はるかな過去のことをテーマにした数々の歌ばかりを聞きたがっていたのか？

ステイラはこう考えることにした。フ＝ドゥルナデは現在の諸問題を解決できないからこそ、昔の歌からなぐさめとパワーを得ようとしているのだと。どちらもフ＝ドゥルナデが緊急に必要としているものだ。アルマダ中枢が沈黙しているのだから。

ステイラは探索の歌を踊りおえてから、また小箱のスイッチを入れて、フ＝ドゥルナデの個室をあとにし、外でレッカムと連絡をとった。

「異人たちから返答がきた」レッカムが告げる。「われわれを助けてくれるそうだ」

「かれらを信じていいと思う？」ステイラが訊く。不安なのだ。

「ああ。相手はもうこちらに向かっていて、もうすぐ到着する。大多数は待機ポジションに入り、搭載艇を数機、派遣するとのことだ」

「かれらはフ＝ドゥルナデを救うことができるといった？」

「いや……門閥の母のことはなにも知らないとはっきりいっている。ただし、最善をつくすという約束はしてくれた」レッカムは意味深長に沈黙し、それからこうつづけた。

「かれらのなかに、ローランドレのナコールがいる！」

ステイラはレッカムが自分の反応を待っていることはわかったが、ふいに頭のなかが真っ白になった。もしレッカムがいま、オルドバン自身がフ＝ドゥルナデ救済に乗りだしたと告げたとしても、聞こえなかっただろう。彼女はまるでトランス状態のようになって立ち去り、フ＝ドゥルナデの個室にもどった。

フ゠ドゥルナデのベッドをかこむように、看護師たちが集まっていた。スティラが邪険にはらいのけると、あとずさりした。

フ＝ドゥルナデは鱗を軽くひろげていた。鱗のあいだから見える皮膚は冷たく乾いて、頭部感覚器はかすかな光を発している。

スティラはこの徴候を前に見た記憶があった。看護師たちに動かないよう指示し、自分はそっとシロフォンの上に乗った。探索の歌は熟知していたので、どこからでもはじめることができたが、さすがにこんどばかりは自信がなかった。小箱の音とスティラの音が一、二秒間、混在した。不協和音にはならなかったが、スティラは小箱のスイッチを切った。

その瞬間、スティラは演奏に没頭した。みごとな足どりでいちばんのお気にいりの歌を奏でる。探索の歌をこのときほど上手に踊ったことはなかった。足もとのシロフォンは柔らかく振動し、そこから生まれる音は豊潤で純粋きわまりなかった。そこには、はてしない虚無のなかにある個々の原子のささやきも、星々の歌も、銀河の壮大な和音もふくまれていた。歌が終わると、スティラはしずかに立ったまま、足もとのシロフォンの余韻を感じ、期待に胸をふくらませながらフ＝ドゥルナデのほうを見やった。

門閥の母は目ざめている。スティラの足が震えた。できれば、勝利をたたえる歌を演奏したいくらいだった。なぜなら、フ＝ドゥルナデがゆっくり起きあがったのだ……じつに久しぶりのことだった。だが、フ＝ドゥルナデが看護師たちに合図をしたので、スティラの気分はまた沈んだ。

フ＝ドゥルナデがもし元気になっているとしたら、主人の瞑想中に看護師たちを入室させたとして、まずスティラを呼びつけて叱ったことだろう。その後、看護師たちを外に追いだしたはず。だがフ＝ドゥルナデは、スティラが勝手な行動をした事実にまったく気づいていないようだ。それは前よりも容態が悪化したことをしめすのかもしれない。

スティラは悲しい気持ちで外に出た。助力を申しでてくれた異人がステーションにいまどのくらい近づいているか知りたいと、そのことばかり思っていたので、フ＝ドゥルナデの個室の周囲でなにが起こっているのか、すぐには気づかなかった。通信装置の前に立ったときようやく、周囲に歩哨がひとりもいないことに気づいた。

からだがこわばった。すぐさまレッカムと連絡をとろうとしたが、返答がこない。あきらめようかと思ったその瞬間、スクリーンが明るくなった。だが、そこにうつったのはレッカムではなくて、若い男ヴォーチェ人だった。アハニーの仲間だ。負傷して出血しているが、自分では気づいていないようだ。

「かれらはフ＝ドゥルナデのところに向かいました」若いヴォーチェ人があたふたと答える。

「だれのこと？　スティログ？」

「スティログはもうとっくに出たでしょう。いずれにしても、かれとその側近はわれわれを襲った一団にはくわわっていませんでした。レッカムの考えによれば、かれらは陽動作戦としてこちらを襲っただけです。われわれは反撃し、レッカムはいましがた、フ＝ドゥルナデを守るために、ほかの仲間といっしょに急いで立ち去ったところです」

「異人たちはどうなったの？」スティラが愕然としてたずねる。これほどの混乱状態は生まれてはじめてだ。「かれらがくるなら、だれかが先導しないと！」

「わたしがやります」若者が答えた。

スティラはかれに疑いのまなざしを向けた。こんな若者にその役がつとまるかどうか？　だが、レッカムはこうした事態を想定していたのだろう。

スティラはしだいに、いつまでもこの通廊に立っているのは危険かもしれないと思いはじめた。スティログが近くにいるなら、この機を逃すはずはない。スティログは彼女を以前から憎んでいる。スティラがアハニーを里子として育ててきたからだ。アハニーはレッカムの甥で、スティラはいまやレッカムの仲間なのだ。

彼女は大急ぎでフ＝ドゥルナデの個室にもどったが、なにを心配したらいいかもわからなかった。自分にできることはなにひとつない。まったくとほうにくれていた。フ＝ドゥルナデが心配そうな看護師たちにかこまれているのを目にすると、怒りとつらさがこみあげてきた。思わず、心のなかで考える。

わたしがあなたのためにどう戦えばいいか、どうして教えてくれなかったのです？　どうしてプカをここに入れたのですか？　彼女が役たたずだということは、みんな知っています。あなたの近くにいれば得になると思って、女護衛になっただけなのです。彼女はほかの女護衛たちを堕落させてしまった。プカがばかげたおしゃべりをしなければ、スティログもこんなことはしなかったはず！

だが、この最後の非難が当たっていないことは、スティラも知っていた。スティログは生まれたときから、門閥の母の影響力に対して心を閉ざしているヴォーチェ人のひとりだった。そういうヴォーチェ人はときどきいるのだが、たいていは虚弱で、子供のときにほとんど死んでしまう。だが、スティログは生きのこった。そしてしばらくすると、フ＝ドゥルナデの影響力に抵抗をしめすだけでなく、他人に影響をおよぼすこともできるようになったのだ。

その当時、スティラはフ＝ドゥルナデにスティログを殺すようたのんだ。だが、フ＝ドゥルナデは笑うばかりで、適切な時期がきたらスティログの出すぎたふるまいをたしなめるといった。彼女はヴォーチェ人を自分の子供とみなしていたので、その一員を殺すつもりなどまったくなかったのだ。スティログが戦って死ぬならば、それでいい……そんなふうに考えたのだろう。

そうこうするうちに彼女はそのようなことに関心がなくなっていた。

レッカムとその部下たちはどこにいるのだろう？　スティログは歩哨たちを排除して、なにをするつもりか？　スティラは反乱者たちの出現を期待するはずもなかったが、なにもせずに待っていると頭がおかしくなりそうだった。

スティログの出現はまだかといらついていると、ついにその時がきた。一枚のドアが耳ざわりな音をたてたのだ。スティラやほかの者たちがその音の原因に気づくより早く、ドア枠が赤々と燃えはじめた。なにかが激突し、ドアが轟音《ごうおん》とともに倒れる。

なぜこんなに長くスティログの動きがなかったか、スティラはあとになってようやく理解した。かれでさえ、フ＝ドゥルナデの自室に力ずくで侵入するのは、ためらわれたのだ。プカがドアを開けるのを待っていたらしい。だが、ことがそうは運ばなかったので、歩哨たちから奪った武器を使うことになったわけだ。

スティログはまず、まだ燃えているドアをいっきに跳びこえた。一瞬だけ不安をおぼえたように見えたが、看護師たちが驚愕のあまり硬直している姿を見ると、武器を高くかかげた。

「きみたちは引っこんでいろ！」かれが怒りの声をあげた。

看護師たちは不安で震えていたが、その場から動こうとはしなかった。フ＝ドゥルナデのために死ぬつもりなのだ。

ずにいられなかった。プカはスティラを見つけようと努力したが、見つかったのはスティログだけだった。スティログがそう威嚇して武器を高くかかげる。その瞬間、プカ

「わたしは本気だぞ」スティログがそう威嚇して武器を高くかかげる。その瞬間、プカが自分もその場に姿を見せる決断をした。しかし、彼女は上品かつ威厳をもって登場しようとしたので、スティログのような荒々しい行動はとれず、ドアをいっきに跳びこえることなどできなかった。結局、床に倒れたドアを三歩でこえる。

そのあいだに金属はすでにかなり冷えていた……たしかにまだ熱かったが、赤々と燃えているわけではない。しかし、プカは大げさに熱がり、ほんのすこし痛みを感じると、威厳をかなぐり捨てた。絶叫しながら前のめりになり、われを忘れて足の痛みばかり心配したので、スティログにぶつかる。それでスティログは誤って、弾を一発、壁に向かって発射してしまった。

スティログが〝新・門閥の母〟に罵詈雑言《ばりぞうごん》を浴びせるあいだ、かれの支持者たちは、ためらいつつもフ＝ドゥルナデの部屋に侵入していった。

このあいだにスティラはそっとフ＝ドゥルナデに近づき、自分とスティログのあいだにつねに看護師たちがいるようにした。プカは壁の近くに逃げ、めそめそしながらしゃがんで足の状態を調べている。目立った傷がないことがわかると、彼女は立ちあがった……すると、看護師たちのすぐうしろにスティラがいるのが目にとまった。

プカは足のやけどなどすぐに忘れ、怒号を浴びせながらスティラに跳びかかった。スティラは事態がどうなっているかもわからないうちに、はげしい戦いに巻きこまれた。

ぼんやりとわかったのは、スティログの部下たちが、抵抗する看護師をはらいのけようとしていること。スティログはときどき、じゃまをするなと叫び声をあげて、武器を用いていた。

ヴォーチェ人は武器に慣れていないので、つかみあいになり、スティログの命令は浸透しない。かれはとほうもなくはげしい怒りをおぼえ、結局、自分の部下たちを犠牲にする覚悟をした。しゅっという、聞いたことのない恐ろしい音がする。プカでさえ瞬間的に動きをとめた。

看護師ふたりと男ヴォーチェ人ひとりが、叫び声をあげながら床をのたうちまわった。

スティラは時間がふいにゆっくり流れはじめたような、奇妙な感じがした。見ると、男ヴォーチェ人たちが鈍い動きであとずさりしている。プカも戦うのをやめ、同様にのろい動きで、遠くのすみへと逃げた。ほかの看護師たちはからだが硬直している。負傷者三人はまだ絶叫をつづけていたが、かれらの血は不自然なほどゆっくりと床の上を流れているように見えた。

流血……ここで、フ＝ドゥルナデの個室で！

自分が危険をまったく正しく判断できないでいたことに、スティラはふいに気づいた。スティログが戦いをはじめることはわかっていたが、こんな恐ろしいことになるとは想像もできなかった。なぜなら、ヴォーチェ人同士が武器を使って戦ったことも、同胞を意図的に傷つけたことも、いままでに一度もなかったからだ。フ＝ドゥルナデの影響力が強かったので、そうした戦いは起こらなかった。門閥の母は、子供たちがたがいにけんかをするのは認めたが、重傷を負わせることは禁じていたのだ。

だが、いまやそれが現実になってしまった。スティラはふいにからだの力が抜け、目眩がする。ようやく立ちあがったとき、とうとうスティログは理性を失っていた。かれの武器が三回、音をたてて発射され、負傷者の絶叫がとまった。

スティラはこの場を逃げだしてどこかにかくれたくなった。身をすくませたが、とたんに再度しゅっという音が響いた。しかし、こんどは絶叫は聞こえない。彼女は茫然として、看護師たちのもとに行き、そのうちのふたりをわきに押しやった。

フ＝ドゥルナデの姿が目に入る。

そのすぐそばで輪になっていた看護師たちは、いまも門閥の母の面倒を見ていた。マッサージをしたり、硬直化した鱗をなでたりしている。もう手遅れだとは気づいていないようだ。気づきたくないのかもしれない。しばらくして看護師たちは、スティラがいることに気づき、絶望と疑問のまなざしで彼女を見やった。

「もうおしまいよ」スティラは小声でいった。戦いの騒音が部屋に満ちるなか、看護師たちはスティラの言葉を理解し、気絶したように床に倒れこんだ。

スティラは立ちつくしていた。すべて実際に起こったことなのか、それとももとんでもない悪夢を見ただけなのか、それがわからなかった。フ＝ドゥルナデが死ぬことなんてことが本当にあるのだろうか？　ヴォーチェ人ならだれでも知っているように、フ＝ドゥルナデは不死なのではないか？

スティラはあたりを見まわした。

夢ではない。そこにはスティログが横たわっていた。死んでいる。ほかにもヴォーチェ人が五、六人、床に横たわって動かない。壊れたドアを通って逃げていった者も数人いた。部屋のすみでは二、三十人がぎゅう詰めになって、その前にレッカムの部下が四人立ち、反乱者たちに武器を向けている。レッカムが敵の最後のひとりを制圧して捕虜たちのところに引きずっていくと、まだ戦っていた面々はふいに跳びはね、大急ぎで逃げだした。

レッカムがスティラに近づいた。スティラはかれをじっと見つめて、底なしのむなしさを感じていた。くずおれてしまいそうだった……しかし、いまはだめだ。そんな状況ではない。

「門閥の母は死んだわ」スティラはレッカムにそういった。

レッカムはそれには応えずに、壊れたドアを見つめていた。遠くでいつにない音がして、アハニーが駆けてきた。

「異人たちがきました！」アハニーが声をひそめて告げた。「ここにやってきます！」

「かれらも死者を生き返らせることはできないでしょう」スティラが悲しげにつぶやいた。

＊

銀河系船団とクラン艦隊は前庭を去り、ローランドレだろうと思われる光あふれる宙域に接近していた。そのとき、巨大な一構造物を探知したのだ。最初、かれらはまちがいなくそれを通過する予定だった。確固たる目標があるので、よけいな調査に時間をむだづかいするわけにはいかないからだ。しかし、巨大構造物に注目せざるをえなくなってしまった。なぜなら、相手が通信と小型船を使って助けをもとめてきたからである。その巨大構造物のなかでは、どうやら問題が生じているようだった。そのひとつは、なんらかの反乱が起きていること。だがもうひとつの問題は、はるかに重要と思われるものだった。門閥の母が重病だという。

門閥の母については、すでに話が伝わっていた。門閥の母とは何者か、奇妙な環境のなかでどんな役割をはたしているのか、だれも想像がつかないが、ひとつだけ明白なことがある。病気を治療して門閥の母を助ければ、重要情報をたくさん得られるということだ。

ペリー・ローダンは……反乱と聞いたので……即座に強力な出動部隊を編成し、治療とはほぼ無関係の分野を担当する最高の専門家たちにも急を知らせた。専門家たちは各種機器や特殊な装置など、なんであれ携行可能なマシン類をすべて持参して、数機の搭載艇に乗った。そのあとから、特殊装備を施した艇が急行する。これはいわば、飛ぶ病院と飛ぶ研究室を合わせたようなもので、念のためにあらゆる準備をととのえていた。門閥の母のため、できることはなんでもしなければならない。

反乱に関しては、それほどひどくないことがすぐにわかった。反逆者は当初からほんの二、三百人で、しかもその大半は、巨大構造物の住民たちに害はくわえなかったようだからだ。だが、門閥の母の救助は依然として重要案件だった。

巨大構造物の住民は、身長一メートルのやせた生命体である。からだは柔らかく、湿気を帯びた柔軟な膜におおわれ、脚は長くて華奢《きやしや》だった。前肢二本には把握器官があり、ごくまれに歩行に使われる。薄いグレイのからだの前部には、ペンチのようなかたちの退化した口と、その上に大きくて黒い目がふたつあった。かれらは〝ヴォーチェ人〟と名乗っている。その数名が、専門家たちを目的地に案内しようと急いでやってきた。

この巨大構造物をつくったのがヴォーチェ人ではありえないことは、すぐさま判明した。通廊は大人のゾウでも通れるほどひろいし、ドアはどれも高くて幅広だ。それにくらべればヴォーチェ人は、なんらかの手違いでここに入ってしまった小人みたいなものだった。各所の技術機器も、ヴォーチェ人がつくったのではあるまい。あちこちにアルマダ作業工がいるが、ヴォーチェ人に対しても異人に対しても無関心で、この巨大ステーション内での出来ごとなど、どうでもいいように見える。しょせん、アルマダ作業工は特定の目的のためにつくられたロボットであり、それ以上のものではない。

だが、べつの区域に入ると、通路もドアも異なった様相を呈していた。やはりヴォーチェ人には大きすぎるのだが、巨大ともいえない。各種の聞き慣れない音が響き、大勢のヴォーチェ人の姿が見えた。どうやら逃げている最中か、逃亡中の仲間を追いかけているところのようだ。異人を案内してきたグループの目的地は、まさにこの連中が出てきた部屋だった。

専門家たちは、無理やり枠からはずされたドアのところを通りぬけ、門閥の母の姿を目にした。

かれらはこのあいだに、門閥の母のことを比較的小柄だと推測していた。最後のドアをくぐりぬけたとき、全員が身をかがめなければならなかったからだ。だが〝門閥の母〟という名称からすると、本能的に大きな権力を持つ生命体を想像してしまう。権力者イコール大柄と連想するのは人間だけではあるまい。だから、専門家たちの数人はとても驚いた。

門閥の母は身長一メートル半のやせこけた生命体で、とても権力者には見えなかった。からだは、逆立った幅広の鱗でおおわれている。円錐形のからだの上に短い頸があり、その上に球形の頭がふたつ、指の太さほどの筋でつながっていた。よく見ると手と脚が二本ずつ、鱗のあいだにほぼ完全にかくれている。

そこには門閥の母以外にも、かなり大勢のヴォーチェ人が集まっていた。すみにかたまった者たちもいて、武装した同胞に監視されている。ほかにも、長めの脚を持つヴォーチェ人たちが門閥の母をとりまいていた。そして最後にふたりのヴォーチェ人……ひとりは脚が長く、もうひとりは短い……が、専門家に向かって暗い口調で、門閥の母は亡くなったと告げた。

「いつだね?」専門家がたずねると、ヴォーチェ人は、ほんの数分前だと答えた。

次の瞬間、ヴォーチェ人ふたりはびっくりしてあとずさりし、門閥の母をとりまいていた者たちも茫然としてその場を去った。

＊

ヴォーチェ人もまた権力者イコール大柄と考えている。だから、大きな異人たちの姿を見たとき、スティラとレッカムは感銘を受け、あらたな希望をいだきそうになった。異人たちはよけいな質問などはせず、前もってどうすべきかを知っていたかのように行動に入った。

だが、そのスティラとレッカムですら、大柄な異人が死亡したフ＝ドゥルナデをいじりはじめたときには驚いた。フ＝ドゥルナデが死んだことは、ヴォーチェ人たちにとっては明らかだ。なぜなら、ふいに心のなかのなにかが空っぽになったのだから。

しかし、異人たちはそういう気持ちを感じないらしい。存命時のフ＝ドゥルナデを知らないからだ。フ＝ドゥルナデのからだに対する畏敬の念もなく、針を刺して体液とサンプルをとると、なんらかの機器で検査した。ほかにも、さまざまな装置をフ＝ドゥルナデのからだにつなぐ。各種の奇妙な音が室内に満ち、そこに異人の低い声がくわわって、切れ切れのせわしげな旋律となった。

スティラはフ＝ドゥルナデの永眠をまだ信じられなかったし、信じたくなかった。だから耳をそばだてながら、異人の助けでフ＝ドゥルナデが治るのではないか、さらにはフ＝ドゥルナデの治癒の歌を自分が踊る日がくるのではないか、とまで考えていた。そのときシロフォンがかすかに振動したので、スティラは本能のままにそちらに動き、楽器をためしてみた。この混乱のなかではもちろん音が狂っているだろう。

しかし、じつに不思議なことだが、音は狂っていなかった。いちばん高い音を出す弦がすこしずれているだけだ。スティラはそれを調律して、両足をシロフォンにそっと乗せた。異人たちはこんどはべつの機器をフ＝ドゥルナデにつないでいる。その頭部感覚器のなかにかすかな希望の光が見えたと、スティラは思った。同時に、心のむなしさがすこし軽減された気がする。数日間消えていた希望が生まれ、脚に力がもどってきた。

彼女はフ＝ドゥルナデがふたたび目ざめるのを祈って治癒の踊りを踊った。

ステイラは慎重に足を動かした。機器類のさまざまな音が反響している。ひとりの異人が低い声で興奮ぎみに、早口でしゃべっている。ステイラはその声をできるかぎり、機器類が発する奇妙な音にくわえて和音にしようとした。そのとき、その異人の声がますます大きく早口になり、さらにべつの声もまじってきた。

ステイラは魅了されていた。ことによると探索の歌を最初に演奏した女護衛も、こうした異人と遭遇したからこそ、あのすばらしい知られざる和音をつくったのではないか？

ふたたび早口がはげしさを増して、大勢の声がまじりあい……と、ふいに沈黙に訪れた。レッカムがステイラにそっと触れてくる。中断されて、ステイラはむっとした。女護衛がフ＝ドゥルナデのために踊っているときは、だれもじゃましてはならない。レッカムもそれを知っているはずだ。ステイラはかれをたしなめようとしたが、レッカムは異人たちのほうを見た。

異人の大半が立ちあがって、ふたりをじっと見つめている。

「かれらのじゃまになったようだよ」レッカムがいった。

ステイラはいままで自分が願望にもとづく思考の世界にいたことをようやく理解した。恥ずかしくなって、シロフォンから足をおろす。よりによって、第一護衛の自分が異人たちの作業をじゃましてしまった。フ＝ドゥルナデを救えるのはかれらだけかもしれないのに。

だがその直後、異人たちは奇妙な機器類のスイッチをひとつずつ切りはじめた。数人はまだ熱心に作業しているが、数人は機器類をかこんで、小声で話しあいをはじめた。ステイラはいままで、こうした異人たちを見たこともないし、その表情を読むこともできないが、それでもかれらの顔に落胆の色を見たような気がした。

ステイラは不安げにかれらに近より、作業をやめたひとりの人工の皮膚をつまんだ。奇妙に柔らかくて、繊維質の感じだ。

その異人は振り向いて、一小型機器に触れた。

「あなたがたは、門閥の母を生き返らせることができますか？」ステイラがおずおずとたずねる。

その小型機器は、彼女の言葉を異人の言葉に翻訳する装置だった。奇妙に音が重なる。ステイラは驚いてその音に耳を澄ませた。

「不可能だと思う」と、答えがある。ふたたび音が重なったが、こんどはさらに奇妙に聞こえた。その異人が、ほかの大半の者よりも高い声の持ち主だったからだ。異人はつづけた。「生命体はいったん死んだらもう生き返らせることはできないの」

「ならば、どうしてあなたがたはあれこれ検査したのですか？」ステイラが訊いた。怒っていた。異人は希望を持たせたが、実現しなかったからだ。

「それは……仮死状態という場合があるからよ」異人は辛抱強く説明した。「ときには、まるで死んでしまったように見えても、まだ呼びさますことのできる生命のかけらがのこっていることがあるの。でも、そのためには急ぐ必要があるし、もちろんその生命体のことを熟知していなければならない。わたしたちは可能なかぎり、門閥の母を迅速かつ徹底的に調べたわ。でも、命のかけらは見つからなかった」

ステイラは黙りこんだ。怒ったり失望したりすることはないと、自分にいいきかせる。フ＝ドゥルナデが死んだことは、すでに見てわかっていた。

「このステーション内には門閥の母のような生命体はほかにいるかね？」異人のひとりがたずねてきた。「彼女の跡を継ぐ者は？」

ステイラはなにを訊かれたか、理解できなかった。フ＝ドゥルナデはヴォーチェ人にとってたんなる生命体ではない。フ＝ドゥルナデがどの種族だとか、同胞がいるのかとか、考えたことのある者は皆無《かいむ》だろう。門閥の母はかけがえのない存在であり、唯一無二の不死者であった。その彼女が死んだのだ。

喪に服する時間だ。ステイラはそう思い、質問に答えないまま、その場を去った。

異人たちは機器類を、持ってきたときとくらべるとはるかにゆっくりと、しまいはじめた。一方そのころステーション深部では、敗残の反乱者たちが予想外の立ちなおりを見せていた。ヴォーチェ人同士が傷つけあうのを阻止する門閥の母はもういないのだ。スティラはなにも気づかなかったし、ヴォーチェ人同士のいがみあいには興味もない。だが、レッカムは心配していた。ステーション内の生活がすぐにも乱れてしまうかもしれない。とはいえ、フ＝ドゥルナデの死がヴォーチェ人にどういう影響をあたえるものか案じてみても、考えはまとまらなかった。だから、かれはむしろ異人たちのほうに気持ちを向けることにした。

しかし、もはや異人たちも門閥の母のためにできることはなくなっている。それがはっきりすると、レッカムは、フ＝ドゥルナデの個室内に異人がいることを不快に感じはじめた。だがかれは礼儀正しいヴォーチェ人なので、そうした感情を表に出すことはしない。異人たちの撤退準備が完了するまでじっと待ったあと、かれらの宇宙船まで見送るよう、アハニーに命じた。レッカム自身は、異人の最後のひとりがフ＝ドゥルナデの個室を去るまでその場を動かず、かれらがなにか忘れ物をしていないか点検した。その後、部屋を出るとき、壊れてもう閉まらなくなったドアを悲しげに見つめた。それから異人たちのあとを追った。ほかになにをすればいいか、わからなかったからだ。

＊

専門家たちと出動部隊は、巨大構造物内で目にしたあらゆることについて詳細な報告書を提示したが、わかったことは多くなかった。数名の説明によれば、なぜかヴォーチェ人の多くはこの巨大宇宙ステーションのことを、トランスレーターが〝水族館〟と翻訳した定義で呼んでいた。宇宙ステーションはじつにさまざまな生命体向けに建造されたものらしいというヒントがたくさんあったが、最終的に住んでいたのはどうやらヴォーチェ人と門閥の母だけだったようだった。とはいえ、出動部隊が発見したなかには施錠された部屋もあった。ヴォーチェ人たちはそこを〝孵化室〟と呼び、恐れてよりつかないらしい。自分たちがその部屋を使用しないだけでなく、フ＝ドゥルナデですら足を踏み入れたことはないと主張していた。

ヴォーチェ人自身もいくつかの謎をのこした。かれらは当初、あらゆる暴力を恐れていたので、反乱者たちとのいざこざにけりをつけることができなかった。反乱者のほうも非暴力の不文律を守っていた。しかし、出動部隊がこの奇妙な〝水族館〟に長く滞在するにつれて、ヴォーチェ人は凶暴になっていった。反乱者たちは鎮圧されたものの、かれらに対して大声で助けをもとめていた者たちも、ふいに自分たちで個人的に反乱を起こす気になったようだ。門閥の母の個室から遠くはなれればはなれるほど、ヴォーチェ人たちは予測のつかない反応をしめした。だから出動部隊の面々も、ステーションをはなれるときにはとてもよろこんだ。

門閥の母がヴォーチェ人をとりまとめていたのではないかということが疑問になって

きた。彼女の死は今後、多くの後遺症をもたらすのかもしれない。

フ＝ドゥルナデ自身については、まだ不明な点がたくさんあった。たしかなのは、彼女が本当に死んだということだけだ。

銀河系船団とクラン艦隊はそこを立ち去り、本来の目的地に向かった。門閥の母の死がなんらかの問題を引き起こす徴候は当面なさそうだった。両艦隊は自由な航行をつづけた。

*

スティラは異人たちがステーションを去るのを待った。だが、かれらが去ったあとも、異人たちの大きな足音が聞こえるような気がする。しばらくして、彼女がうるさく思ったのはべつの音であることに気づいた。ステーション内が大混乱におちいっていたのだ。ヴォーチェ人たちがあてどなくさまよい、各所で戦闘が起こっていた。

「わたしたち、これからどうなるのです？」スティラはそうたずねて、フ＝ドゥルナデを期待の目で見つめた。門閥の母は子供たちの苦境を感じて介入しないのだろうか？

だがフ＝ドゥルナデはもうなにも感じていなかった。ほかのすべての死者同様、冷たくなったまま微動だにしない。

ヴォーチェ人は何世代も前から、フ＝ドゥルナデの庇護のもとで生きてきた。スティラもほかの者たちも、それをすぐに忘れることはできない。スティラはいま、怒りを感じることすらできなかった。フ＝ドゥルナデは子供たちに自力で生きていく方法を教えていない。〝自由〟のなかで新生活を送る意味など理解できなかった。なぜなら、門閥の母の遺体を前に立ちつくしているいまほど、不自由を感じたことはこれまでなかったからだ。フ＝ドゥルナデがもういないという事実を受け入れることができない。いわば、自分が死んだようなものだ……心の奥底にかつてあった感情が消えてしまった。

むなしさを感じたスティラは、まだ快適さを感じることのできる唯一の場所に逃げた。シロフォンの振動を足もとに感じたとき、感情がもどってきた。彼女が演奏したのは新しい歌で、ステーション内のだれも聞きたがらないと思われる……消えた希望の歌だった。長い歌ではない。スティラは踊りおえると、フ＝ドゥルナデの部屋を去った。二度ともどってくることはなかった。

冷気のエレメント

アルント・エルマー

登場人物

レジナルド・ブル（ブリー）……………ペリー・ローダンの代行
ジュリアン・ティフラー…………………自由テラナー連盟（ＬＦＴ）首席テラナー
エルンスト・エラート……………………メタモルファー
アセンギルド・チェーン…………………《アイアン・メイデン》艦長
シ＝イト……………………………………ブルー族。艦隊指揮官
ガルファニイ………………………………同。艦隊指揮官代理
エリュファル………………………………同。首席通信士
ギュルガニイ………………………………同。主任操縦士
ラ＝グーファング…………………………同。料理長
タウレク
ヴィシュナ …………………………………コスモクラート

1

「削りとれ！　もっとしっかり、こそげ落とすんだ、疲れ知らずの英雄たちよ！　明晰な白い被造物にかけて、もっと速く動け！」

ブルー艦の艦長シ＝イトは通信装置に向かって、やれやれといいたげに皿頭を揺らした。その装置を使って、外にいる部下たちと連絡をとっているのだ。かれらは強力な投光照明のもと、ほぼ同じ動きで《ユィルミュ・ヴァンタジイ》の外殻表面を前進している。ところがそのとき、艦殻に衝撃がはしり、ブルー族数名が表面からはなれ、漆黒の闇のなかへふらふらと出ていってしまった。

「助けてください、艦長！」数名の声が、艦の司令室内にあるスピーカーから鋭く響く。

「陰険な青い被造物にかけて、あなたはなにをしているんです、シ＝イト？」

艦長は、でっぷりとした腹をなでた。宴会でたらふく食べたのだ。テラおよびルナがグレイの回廊から帰還するというので、それを祝って宴会が催されたのだった。

「わたしがなにをしているかって？」まのびした声でさえずる。その声の大部分は超音波領域だ。低くげっぷをすると、「宇宙の黒い被造物にかけて、作業場所に即座にもどれ！」

いうのはたやすいが、実際そうするのはむずかしい。ブルー族たちは、いきなりシ＝イトの命令を受けたために驚いて、よく考えることもできず、あてどなくふらつきだした。たがいにつかまり、ときにはもつれるようにかたまりながら、《ユィルミュ・ヴァンタジイ》の表面からどんどんはなれていく。

艦長は、長くて強靭《きょうじん》な腕二本を前に突きだした。主要な指四本はひろがり、おや指三本がうしろに向いている。それらの指が目にも見えない速さでいくつかのセンサーをかすめると、スクリーンにとほうもないシーンがうつしだされた。かすかな泣き声が聞こえると同時に、全艦放送を通じて、ロボットたちが移動するときの音が伝わってきた。

「がんばれ！」シ＝イトの声。「いま救援部隊が行くから！」

かれは前側の目ふたつでスクリーンを観察しつつ、うしろ側の目ふたつで一連のモニターを追った。モニターは司令室内後方、主ハッチの壁面上部に設置され、通廊の状況をとらえている。ロボットの一団がそこを移動し、エアロックに向かっていた。

「第一エアロックが開きません」艦長の横でソフトな声がした。ふたたびシ＝イトの頸が揺れだす。わずかのあいだ、この巨艦の司令室内にいるのが自分ひとりだけでないことを、すっかり忘れていたのだ。隣りに女航法士で主任操縦士のギュルガニイがいた。彼女の役目は、乗員たちの出動部隊がエンジン・セクターのあたりを浮遊して塗料をこそげ落とすあいだ、なんら大事《おおごと》が起きないように気をつけることだった。

「爆破しろ！」問題があったのは第一エアロックだとわかり、艦長はあえぐようにいった。そこの外殻にだれもいないからだ。予測できない動きのせいで、乗員たちはいまや艦との接触をすべて失い、外を漂っている。シ＝イトが見ていると、第一エアロック・ハッチが破裂音とともに砕けちり、漏れた空気の流れがロボットたちを真空に押しだした。エアロック手前の通廊は、艦の内側五十メートルのところにある保安ハッチで遮断される。

宇宙空間に数十の光が見えた。なにかを探すように動きまわっている。ときおり光によって、手足をばたばた動かしている姿が照らしだされた。かれらは声を出したり合図したりして、自分に気づいてもらおうと必死だ。

「ガタスと全宇宙にかけて、前代未聞だな」シ＝イトがさえずる。「古き時代の〝第十九先見〟の指導者たちがまだいたら、即座にわれらが主惑星に向かい、あの臆病者たちの処分をまかせるところだ！」

かれは黙って救援作業を見守った。これにじゃまされる前は、心地よく物思いにふけっていたのだが。なにがとっかかりだったか、思いだそうとする。いっしんに精神を集中させ、その助けを借りた結果、思いだした。

〈おかえりなさい〉

この光る文字が惑星間に浮かびあがったとき、シ＝イトは深く感動したもの。《ユィルミュ・ヴァンタジイ》は数十隻のGAVÖK船およびLFTの小艦隊とともに、安全距離をたもちながら、地球と月が出現するようすを見守った。それに先立って起こった出来事ともすべて、かれらは全員ともに体験した。掃除機を持った侏儒《しゅじゅ》が惑星間を高速で飛び、あらゆるところを掃除しているのを見たときのことを思いだすと、シ＝イトは身震いした。青い頭皮から生えている柔らかな毛が逆立つ。最悪だったのは、この掃除魔たちが艦の内も外も徹底的に磨きあげたことだ。そのシュプールはすでに排除されたが、ただひとつのこったのは外殻の塗装である。かれらはフラミンゴ・ピンクだった艦のインケニット外被を、明るいブルーに変えてしまったのだ。

青は陰険な被造物の色。掃除魔の行動も陰険だった。シ＝イトは、青い被造物をなだめるのが容易でないことを知っている。次回の宴会の折りには、四つの目を閉じて好物のごちそうをあきらめ、なみなみと注《つ》がれたツュイグリュイリイも青い被造物に捧げることになるかもしれない。

「用心しろ、ラ＝グーファング！」シ＝イトがつぶやく。「わたしはこんど、被造物に捧げた飲食物がどこに行ったか調べるつもりだ。もしそれが料理長であるきみの腹に入っていようものなら、恥を知れといって首にするからな！」

ギュルガニイはシ＝イトのつぶやきを聞き流した。艦長は彼女に二、三歩近づいて、「ロボットはいまどこまでやったかね？」と、いった。

ロボットの報告によると、漂っていた面々は全員、回収されたとのこと。シ＝イトはロボットに艦にもどるよう命じ、部下たちに対しては司令室にくるよう指示した。

「こういうのをテラナーはお説教と呼ぶんでしょうね」ギュルガニイがさえずった。

「かれらになにをいうつもりですか？」

「なにも。せいぜいちょっぴりだ」シ＝イトが答えた。「まずは食事時間終了まで直立不動を命じる！」

赤い海の被造物にかけて、怠慢の罪に対する罰をあたえなくては！

モニターを見ると、爆破したハッチはもう新品と交換されている。修理ロボットがごく短時間で原状復帰させたのだ。

乗員たちが司令室に入ってくると、艦長の長い頸がこわばった。かれらを整列させ、今回の件は許しがたいと一喝《いっかつ》。最後のひとりが入ってきたとき……それはよりによって料理長のラ＝グーファングだったが……シ＝イトは勢いよくしゃべりはじめた。

「この役たたずども！」と、どなる。「グリーンの砂の被造物にかけて、なにをやっていたのだ？　宇宙服には密着靴がついているだろう！　わたしが秩序を守れといっているのに、全員がいっせいにまとまりを失ったらどうなる？」

重い沈黙がひろがる。乗員の数名は、前に超越知性体〝それ〟の冗談でさんざんな目にあわされたときよりもひどい状況が迫っていると思ったらしい。それは無理もないことだった。とうとう首席通信士エリュファルが立ちあがり、頸をまっすぐ伸ばしてシ＝イトをいっしんに見つめると、こう小声で訊いた。

「艦長は、われわれが寝ころんで作業していることに気づかなかったのですか？　われわれ、艦長の命令に驚かされてしまったのです。われわれに罪はありません！」

「だれが寝ころんで作業しろと命じた？　諸君はかがみこむべきだったのだ！」

なぜそんなことをいったか、シ＝イトにもわからなかった。掃除魔がたえずせっせとかがむ姿が目にのこっていて、〝それ〟がみずからの創造物に対しておこなったのと同様の接し方を、自分が乗員に対してやってみようと思ったのかもしれない。エリュファルをはじめとして、その場の全員が愕然としたようだった。

「かがみこむ？」エリュファルがおうむ返しにくりかえす。「頭を背骨の下に持っていくということですか？　不名誉の被造物にかけて、そうした姿勢は知性を持たない動物特有のもの。われわれのとる姿勢ではありません！」

状況がこれほど切実でなかったら、シ＝イトは笑いだしてしまったかもしれない。かれは居ならぶ面々を凝視してから、最後にギュルガニイを意味ありげに見つめ、すぐに話題を変えた。

「とりあえず、作業はうまくいったか？　色は消えたのか？」

ブルー族たちは否定のしぐさをする。艦長はその瞬間、不機嫌な顔をした。胴体側の頸の付け根にある口がちいさくなった。

「いいえ」女ラトス人のユティフィだ。「まるでモルケックス装甲のようで、なにを使っても塗料がとれません！」

「手段なしか」シ＝イトは不満げに沈黙し、その後しばらくしてうめいた。「われわれブルー族は艦の色を誇りにしている。どうして〝それ〟はわれわれを罰し、こうした恥辱を浴びせるのか？」

その答えはだれにもわからない。シ＝イトは自分が本来語ろうとしていたことを忘れた。そこでラ＝グーファングに合図した。

「せっかくの帰郷が意味もなく中断されてしまった。そのかわりといってはなんだが、全員でいい目を見ようじゃないか。鍋を熱し、三四五九年以来で最高の料理をつくるのだ。平和を祝った当時の宴会のレシピは、料理用記憶バンクに入っている！」

艦長しか知らない暗証番号を告げられたラ＝グーファングは、短い脚で外に跳びだしていく。シ＝イトは確信した。艦長と乗員たちを満足させるためなら、料理長はなんでもやるだろうと。

＊

三四五九年はブルー族にとって特別の意味がある。ブルー族と太陽系帝国のあいだで平和条約が締結された二三二八年五月十日に次いで、もっとも重要な年だった。二三二八年当時は、拡張する両種族の支配領域が決定されたのだった。

この年、ブルー族の内戦はついに終結し、その後の三四五九年にいたって、ラール人の銀河系侵攻が古来の反目を忘れさせた。この強力な敵に抵抗するため、全種族は時の流れとともにまとまりを見せるようになる。

そして、最終的に三五八〇年にGAVÖKが創設されたのである。

現在、ブルー族はGAVÖKとかたく結びつき、必要とされるすべての活動に無私無欲で参加している。

《ユィルミュ・ヴァンタジイ》は、太陽系近傍でのGAVÖK関連の活動を終え、銀河イーストサイドに帰還中だった。そこで最高司令部からあらたな命令を受ける予定になっている。

司令室内が多忙なのは、そのせいもあった。GAVÖKのハイパー・リレーを通じて最初の通信がとどき、次いでもう一度、テラのジュリアン・ティフラーから通信がきた。

そこでは地球の帰還が伝えられ、ヴィシュナの改心とヴィールス・インペリウムの重要性が話題になっていた。ヴィールス・インペリウムは光るリングとなり、惑星の軌道面に対して垂直に太陽系をとりまいている。ここでブルー族ははじめて、グレイの回廊のなかで起こっていた出来ごとの詳細を知った。かれらの皮膚は思わず逆立ち、バラ色の頸と皿頭の色が心もち暗くなった。

その場にいなくてよかったと、だれもが思ったのだ。

シ＝イトはいま、艦長の司令スタンドとそのほかの領域を分ける桟にしがみついていた。ラ＝グーファングが司令室に入ってきて、呪わしいしぐさで深皿をさしだしたのだ。艦長は目を見開き、料理長を凝視する。深皿のなかでは、なんともいえない黒っぽいものが煙をあげ、悪臭を漂わせていた。

「焦《こ》げてだめになりました。粘り足動物の脛《すね》肉料理が！」ラ＝グーファングはきいきい声でいい、あいている手で深皿をあおいだ。平静さを失わずに持っているのは大変そうだ。「オーブンが陰険な青い被造物みたいに熱くなるのです。今後キッチンを使えば、かならず大きな損害が出ます！」

艦長は、ラ＝グーファングの非難の視線が自分の肥満体にとまったのを感じ、身につけていたシャツを神経質に引っ張った。シャツはその体形を充分にはかくせていない。

「そんなにひどいのか？」かれはあえいだ。

「おそらく掃除魔の清掃と関係があるでしょう」心理看護師ユティフィが口をはさむ。

「きれいに磨いた鉄板は熱くなりやすいですし、清潔なオーブンのほうが汚れたものよりも早く料理が仕上がります。ラ＝グーファングが失敗した理由はそれにつきます！」

シ＝イトの頭が不安げにあちこちに揺れる。頭がいつ落ちても不思議はない。艦長はやっとのことで動きはじめ、シートにどすんと倒れこんだ。

「きみは自分で料理したものをすべて自分でたいらげるのだ。食事の時間になったら、連絡しろ。さもないと、悪夢の被造物に苦しめられるぞ！」

ラ＝グーファングは振り返って走っていった。サイバネティカーのユルリイに向かって猛然と突進し、航行管理士セイチュングにわざと突きあたる。セイチュングは痛みのあまり絶叫した。それからラ＝グーファングは通廊に消えた。ドアが閉まり、司令室内にいる乗員からは姿が見えなくなった。

その後、シ＝イトにはラ＝グーファングや料理器具の故障の話につきあっている時間はなかった。なにか聞いたこともない音を聴覚器官がとらえたので、通信機器に注目した。

「ガタスから連絡が入りました！」首席通信士エリュファルが告げる。

大型スクリーンが明るく輝き、故郷艦隊の最高司令官シフェイ＝ロル＝ドマルの顔がうつしだされた。大昔からつづく一族の出身で、ガタス人の伝統にのっとり、ミドルネームを持つ。シ＝イトは栄誉を感じて思わず敬礼した。

「《ユィルミュ・ヴァンタジイ》艦長シ＝イトであります！」そう名乗って、訊いた。

「ご用はなんでしょうか？」

「まずは、きみが太陽系での出来ごとについて伝えてきた詳細な報告書に感謝する、シ＝イト」と、司令官。「あれは、LFTや宇宙ハンザに関してわれわれがいままで受けとった公式報告書の水準をはるかに超えていた。きみはGAVÖKでみごとに任務をこなしてくれた！」

シ＝イトは、最近の出来ごとの前に起きた、自分と乗員が耐えるはめになった不安のことを考えた。あれで神経がかなりまいったので、帰郷したら自分と乗員に休暇をとらせてほしいと申しでようとしたまさにそのとき、シフェイ＝ロル＝ドマルが話をつづけた。

「褒美として、きみに一戦闘部隊の指揮をまかせることとする、シ＝イト。その部隊とは、ガタスとプリイルトのあいだで落ちあってくれ。任務委託とする、以上！」

スクリーンが消える。シ＝イトは振り向いて、からだをこわばらせた。ギュルガニイのシートのほうによろめく。彼女の左肩で身を支えると、操縦装置の明滅する計器類を凝視して、呆《ほう》けたようにいった。

「聞いたか？　休暇よりもすばらしいことだ！」

ギュルガニイはうなずいたあと、シ＝イトを非難の目で見つめた。艦長の腹が不作法なほど鳴ったからだ。かれ自身も驚いて自席にもどると、腰かけて、自分の内面に耳を澄ませる。

なにが起こったか、すぐにわかった。おちつきなく動き、ラ＝グーファングが連絡してくるはずのスクリーンを凝視する。

「腹が減った。真実の白い被造物にかけて、まるで……シュレックヴルムのように」と、つぶやく。そもそもシュレックヴルムがどういうものか、まるで知らないのだが。

2

ジュリアン・ティフラーはそのグライダーの機体に書かれた文を何度か読んだ。機に接近し、大きな文字のあいだに記された細かな文字をじっくり見る。最初はそれに気づかなかった。

大きな文字には〝ヌンティオ・ゴウォルは二十万トンのごみを処分します〟とあるが、ちいさな文字をくわえるとまったくべつの文章になるのだ。つまり、こうなる……〝ヌンティオ・ゴウォルは二十万トンのごみを処分します。ただしそのときは、みなさまがたからがっぽり儲けさせてもらいますよ！〟

ティフラーの口にほほえみが浮かんだ。この文章をつけくわえた男は、良心の呵責《かしやく》などまったく感じていないだろう。かれが本気でいっているのでないことは、古色蒼然《こしよくそうぜん》とした〝みなさまがた〟といういいまわしと、文の最後の感嘆符でわかる。ゴウォルという名には聞きおぼえがあった。前衛騎兵の輪のなかへ最初にもどっていった者たちのひとりだ。精神状態が悪化してきたほかの者たちと、緊急に交代したのだ。

とはいえ、地球と月がもとの場所に帰還してから数日間、大きな問題は発生していない。人類は非常に自制しながらすごしたので、ラール人やオービターの襲撃後のような雰囲気はなかった。七つの災《わざわ》いのあいだ支配していたパニックや混乱の気配も感じられない。この変化の原因をティフラーは理解していた。かれ自身、地球上のすべての人間同様、前衛騎兵のひとりだったからだ。

ヴィーロトロン結合の影響により、人類の一体感が強化されたのである。ミニ地球上では人間全員がたよりあっていた。ヴィーロチップとして暮らしていた期間に培《つちか》われた目に見えない一体感は、時をへてもつづいている。ネットワークはみごとに機能していた。だが、同時に恐怖も巻き起こした。ヴィシュナの脅迫があまりに強烈だったからだ。

しかし、いまやヴィシュナはタウレクの味方である。もうどんな懐疑家でも、疑惑や不安をいだく理由がないことは明白だ。両コスモクラートは人類の支えとなっている。ティフラーの考えでは、タウレクはかれにとり、個人的にはM－82銀河内で無限アルマダにとりくんでいる旧友たちに匹敵していた。

足音が近づいてきた。若い男がひとり、走りよってくる。ティフラーをちらりと見てから、グライダーに近づき、ハッチの前で立ちどまって周囲を見まわす。

「ハロー」と、ティフラー。「この乗り物はきみのものか？」

「そうです！」若い男が即答する。「いまやっとわかりました。あなたはジュリアン・

ティフラーですね！」

首席テラナーはうなずいて握手をもとめ、

「きみはゴウォルの息子だな！」

「士官候補生ヌンティオ・ゴウォルであります！　高速巡洋艦《アイアン・メイデン》に配属されています。父のこの乗り物を格納庫に手早く入れてから、最初のトレーニングに向かわなければなりません！」

ティフラーはにやりとした。

「艦長はアセンギルド・チェーンかね？　ならば、叫び声で神経を傷《いた》めないよう気をつけろ！」

「ギルディ艦長の叫び声？　そんなにひどいんですか？」ゴウォルは額にしわをよせた。

ティフラーはそれには答えずに高笑いし、すぐさまオートパイロットに接続。ヌンティオ・ゴウォルに手を振った。若者はグライダー内に姿を消し、すぐさまオートパイロットに接続。グライダーは滑走路を上昇し、西方へと去っていった。その後も長らく、側面の輝く文字は見えていたが、ちいさな文字は見えなくなった。

父のゴウォルは奇妙なユーモアの持ち主にちがいない。自分の事業をこんなふうに、うさんくさいものに見せているからだ。それができるのも、ゴウォルの名が充分に有名だからだろう。一族は、最初の四つの災厄に起因するごみ処理で名をなしていた。

ティフラーは歩を進める。すぐさま目前にハンザ広場が見えてきた。通りすがりにグライダー格納庫があった。各種の飛行物体がたえず離着陸している。そのあいだを縫って球形のロボットが空中に漂い、各種の飛行物体に指示を送っている。

ハンザ司令部が見えた。巨大な建築群は、そのもっとも美しい面を見せている。建物自体は以前のものとまったく同一だ。わずか数日前まではここに、陰気で威圧的な都市があった。宇宙のこの領域でもっとも危険な存在ヴィシュナの〝ヴィールス基地〟である。そのときの印象についてはエラートから聞いた。いまのこっているのは、修道士の時間塔だけだ。

ハンザ司令部の出入口で、ホーマー・G・アダムスと出会った。宇宙ハンザの経済部チーフは頭と肩を動かしてリラックスしようとしているが、仏頂面《ぶっちょうづら》で、手にはコンピュータのプリントアウトを持っている。

「なにか問題でも?」ティフラーが問いかける。アダムスはノーのジェスチャーをしたが、こういってきた。

「宇宙ハンザをふたたび運営できるようになるまでには半年ほどかかりそうだよ。全支所や商館と連絡をとれてはいないからな。地球帰還はどうやらすべての地域で話題になっているわけではなさそうだ!」

「ほかのことが話題になっているのでしょう。一時間後にはスチールヤードでの話しあいがあるのを忘れないでください。今後どうなるかが、そこで決まります！」

アダムスはため息をつく。これ以上まだ問題があるのか？　もしそうなら、自分たちの惑星に関するちいさな案件を調整する時間などあるはずがない。

「ブリーの立場にはなりたくないな」と、アダムス。「ロワがさっき連絡してきた。ロワの意見では、かれらへの説明役にはでぶが最適だろうとのことだ！」

「かれらって、だれです？」一瞬、ティフラーがいらついたように見えた。

「GAVÖKだよ、きまってるじゃないか」

「プラット・モントマノールはよろこばないでしょうな」ティフラーが絞りだすようにいう。「ほかにも二、三名が文句をいいますよ。わたしが思うに、皿頭たちは本気でかっとなるはず！」

「ブルー族か？　むろんそうだ。うかつにも、まったく考えていなかった！」

「ゴルゲンゴルがあるのは銀河イーストサイドの手前ですよ」ティフラーが思いださせる。「じゃ、またあとで！」

かれは急いで建物群のなかに入っていった。

＊

かれらは帰還した。不気味な世界から、ほとんど命がけでもどってきたのだ。《シゼル》での帰還航行に危険はなかったものの、太陽系を目の前にしたときは、さすがにほっとした。

輝くリングがとりまいて、異常に幽界めいた景観になっている。そのおかげで、まるで飾りたてた太陽系が招いているように見えた。宇宙標識灯ゴルゲンゴルは不可解な構築物そのものだが、それでもわが家にもどった気分ではある。

レジナルド・ブルは物思いに沈みながら、ルナのネーサンの内部領域からゆっくりと去った。いままで三時間以上、インポトロニクスと協議していたのだ。ネーサンの記憶バンクの欠落個所について徹底的に質問したが、答えは得られなかった。

ネーサンはゴルゲンゴルについて、タウレクがもたらした情報以外、なにも知らなかった。数百年前には存在していなかったということらしい。

ゴルゲンゴルがあるのは、銀河イーストサイドのはしからわずか五千光年の空虚空間だ。このあいだに、以前の不活性フィールドのかたちではなくなっている。物質化したので、観察者にはまるで惑星のように見えるのだ。本来は、部分的にアインシュタイン宇宙に存在している巨大コンピュータにすぎないのだが。

タウレクがゴルゲンゴルの鍵を握っていたため、この〝惑星〟はいまや活性化した。巨大な炎がひとつ、宇宙に向かってたちのぼっている。炎は動かない。くっきりした輪郭を持ち、たえず光をはなっている。タウレクの言葉によれば、これは巨大なアルマダ炎であり、無限アルマダにとっての標識灯なのだ。

とはいえ、この標識灯がなにと結びつくかを聞かされた上層部の面々は、どうにも信じがたく、それを頭にたたきこむことができなかった。

ブリーでさえ、タウレクが伝えた知識を理解するのに苦労している。

食堂を探し、少量の軽食とフルーツ・ジュースをたのんだ。だが、選んだ食事の半分は在庫がなかった。スーンの賞金稼ぎたちがネーサンの外側域で引き起こした破壊の影響が、まだ完全には排除されていないのだ。ブリーはサンドイッチふたつと、冷凍品のにおいがする代用ジュースでがまんした。やや変形したグレイのプラスティック皿にのったサンドイッチを、しかたなく嚙みはじめる。

何度も壁のコンソールを見た。インターカム装置の横に時刻が表示されている。すべてが決まる会議まであと十五分。

突然、食欲がなくなった。プラスティック皿を横目で見ながら、ジュースののこりを急いで飲み、あえぐような声を出して食堂の椅子から立ちあがる。背後でドアが開き、ロボットが一体入ってきた。

ブリーは気を引きしめて、ドアのほうに向かった。ロボットがかれの食事ののこりを皿ごとかたづけて、自分の内部に入れるのを横目で見る。のこり物はロボットの体内でまず溶かされ、その後は再処理されるのだ。

それを見たハンザ・スポークスマンは、いま地球で起こっていることを想起した。地球では多くのものが破壊され、多くのものが再建された。どこかの場所では、建築物にもあらたな合意のきざしが生まれたことだろう。他者といっしょにいたいという人々の欲求が増した結果だろうか。

ブリーは防御バリアに遭遇し、先に進めなくなった。そこからなかは権限ある者しか入ることができない。かれでさえ、いったん入れば、食事のときしか外に出られないのだ。ネーサンはかれの身元を確認してバリアを解除した。

搬送ベルトに乗り、斜路をくだった。搬送ベルトは転送機の手前で終わっていたので、行き先を知らせた。

「スチールヤード！」それだけいうと、自動的に接続されて目的地が表示されるのを見守った。目的地が合っていることを確認すると、ほっとしてうなずき、転送フィールドが生じる赤いサークルに足を踏み入れる。二秒後に非実体化し、その後、スチールヤードの隣室のひとつに姿をあらわした。せまい転送機室にはだれもいなかったので、ブルはすこし苦笑した。すでに全員がそろって、かれの到着を待っているということ。

またクロノメーターに目をやる。あと六分あるじゃないか。

ハンザ・スポークスマンは意を決してドアに近づき、開閉メカニズムに触れる。ドアがしずかにスライドして壁に吸いこまれ、大勢の出席者たちの顔が見えてきた。

即座に目に入ったのは、なぜか異質な感じのするふたりだった。まずは、やはりハンザ・スポークスマンのロワ・ダントン。つい最近、M‐82から《ラカル・ウールヴァ》で帰還したばかりだ。その横にすわっているのは、コスモクラートのタウレク。いまから開かれる会議で鍵を握る者である。

長テーブルにひとつだけ空席があった。GAVÖKフォーラムの議長、プラット・モントマノールの席だ。かれはスチールヤード会議での議席と投票権を持っているが、時間どおりに太陽系には来られないらしい。

ハンザ・スポークスマンたちは、ひとりのこらずいらいらし、ブリーを挑戦的に見つめている。ブリーは沈黙したまま、自分の席へと向かった。

情報をいつもとは違う方法で説明しようと決心し、やっと着席する。安堵の雰囲気が場にひろまった。

「ようこそ！」と、口を切る。「スチールヤード会議の開会を宣言する。NGZ四二七年六月二十二日、十一時半。いつもどおり、書記はネーサンだ」

「準備完了しました！」インポトロニクスの心地よく調整された声が響く。

「では、はじめの議題に入る」ブリーはそういった。

だが、かれの口から最初に無限アルマダという単語が出なかったことで、参加者たちのなかに、理解できないという空気が流れる。

「いや、まずはハンザの件だ」と、ブリーはきっぱりいった。「はっきりさせておくべきは、宇宙ハンザがもう主要目的を実現したということ。諸君は全員それを承知しているだろう。きみたちはハンザ・スポークスマンとして活動をはじめるに当たって、ハンザの書に手を乗せて誓い、ハンザ印章を手にしたのだ。宇宙ハンザはセト＝アポフィスに対抗する組織であるという、究極の秘密を知っているはず。

だが、わたしは〝それ〟から、セト＝アポフィスはいまや存在しないと聞いた。これにより、宇宙ハンザの本来の使命はなくなった！」

全員、当惑顔でブリーを見つめる。ガルブレイス・デイトンは承知できないとばかりに頭を横に振る。ブリーがなにをいおうとしているのかわからないのだ。

ただひとり、タウレクだけはおもしろがっているようだ。ブルはかれのほうを見た。

「あなたの意見はどうだ、コスモクラート代表？」

「きみのいうとおりだ」タウレクが小声でいった。「その考え方が今後も助けになる。きみがなにをいいたいか、わたしにはわかっている！」

「なら、早くいってくださいよ！」と、グルダーコンが野次を飛ばした。ほかのハンザ・スポークスマン全員の気持ちを代弁したのだ。ブリーがつづける。

「時の流れのなかで、宇宙ハンザはセト＝アポフィスに対する防壁以上の存在になった。銀河間貿易組織に成長し、各種の領域で任務を帯びている。今後も存在しつづけて、あらたな使命にとりくみ、人類および銀河系全種族を代表して行動するだろう。GAVÖKと緊密に協力しながら!」

アフロテラナーのティンブー・オノアクウェが手をあげた。ブリーはかれに向かってうなずき、発言を許可した。

「そのことを伝える相手はわれわれでなく、GAVÖKでしょう。そもそもGAVÖKはこの件についてどれくらい知っているのですか?」と、オノアクウェ。

「われわれの問題に関してはほとんど知らないも同然だ」と、ブルが答える。「そこで、使者を派遣し、諸種族に今後の準備をしてもらうのがいいと思う。実際、そのほかの選択肢はない!」

「つまり、われわれはあらたな問題ととりくむわけだ」と、ティフラーが賛意をしめした。「〝それ〟は五百年というスパンを口にした!」

ブルは肩をすくめた。五百年か! とりあえず、そのあいだは地球が太陽をめぐる軌道からはずれることはない。ほっとした。なにしろそれは、未解決の問題を克服するためにもっとも重要な前提だから。

「いずれにしても五百年は長い」ロワ・ダントンが口にした。「われわれはこの年数を過小評価してはならない。なにもしないで傍観していてはだめだ。無限アルマダの計画を中止させるために、なにができるだろうか?」

さらさらという音が聞こえ、参加者たちがいらだちを見せた。ブリーは二、三度顔をしかめたが、やがてタウレクの服から出ている音だとわかった。長方形の小片でできている服が、動くたびにかすかな音をたてるのだ。

「その質問は無意味だ！」タウレクが叫んだ。「無限アルマダは銀河系を横断するのだから！　かならずや、そうなる！」

何十億という宇宙船の大群が銀河系を横断するなど、想像もできない。そんなことになれば、筆舌につくしがたい混乱が銀河系内に生じるだろう。それにくらべれば、かつての大群の出現などささいなことだった。

「そんなことは想像もつきません」ハンザ・スポークスマンのヘルガ・アムトがいう。「まちがいなく、銀河系中枢部の各所で恒星や惑星との衝突が起こるでしょう。各種族の宇宙航行はいうまでもなく。すべてが崩壊し、全種族は生存の基盤を失います！」

グルダーコンが立ちあがった。百八十一歳のかれはハンザ・スポークスマン中で最年長だ。

「それは絶対コスモクラートの意志ではないでしょう！　なにかが間違っている！」

タウレクは自分の考えは口にせず、こう述べた。

「混乱やパニックや衝突は避けるべきだし、戦乱もまずい。そうしたことをすべて回避するよう気を配る必要がある。だが、それだけでは不充分だ。啓蒙活動をして、どういうことになるか、それを銀河系諸種族に知らせなければ。ヴィシュナとわたしはできるかぎりそれに尽力しよう」

　ブルがうなずく。なにごとも迅速に進行しなければ。ロワ・ダントンに目を向ける。ペリー・ローダンの息子はきっと妻デメテルといっしょにGAVÖKフォーラムに出席してくれるだろう。

「モントマノールとその仲間にこの件を知らせるのは、ブリーが適任だ」と、アダムスがいう。「ペリーの代理としてかれが出席すれば、重みが増す！」

　ブルが両手をあげる。拒否したいのだ。GAVÖKの議場である宇宙船《ムトグマン・スセルプ》に飛んでいくよりも重要な、やるべきことがある。

「アダムスのいうとおりだ」ティフラーも賛成する。「この件は重要だ！　銀河系の住民とアルマディストとのあいだで戦闘が起きてはならん。銀河系諸種族には心がまえをさせる必要がある。ここで提案したいのだが、即刻ヴィールス・インペリウムを作動させて、銀河イーストサイドを通過する飛行ルートを確立させるのはどうか。そこなら星々のすくない空間が各所にあるから、住民への影響もちいさいだろう。まず問題はブルー族だ。なぜなら、いわばかれらの玄関口にゴルゲンゴルがあるから」

「それにはちょっとした問題がある」猛獣を彷彿《ほうふつ》させるタウレクの黄色い目が不気味にぎらつく。「無限アルマダは他者のつくったルートにはしたがわずに、おのれの道を進むだろう！」

「それはどんな道だ？」ブリーが甲高《かんだか》い声をあげる。「なぜ、かれらはこちらのルートにしたがわないのか？　この銀河系横断にはどんな意味があるのだ？」

「横断することが絶対に必要なのだ」タウレクの口調はきつい。「じゃまをしてはならない！」

ブリーは興奮のあまりからだを揺らし、票決にうつった。ハンザ・スポークスマン全員が、話しあいのなかで出たルートの確立に賛意をしめした。ブリーは閉会を宣言し、ティフラーおよびタウレクといっしょに転送機に急行。かれらは時間のロスなく地球にもどった。

「ヴィールス・インペリウムとコンタクトをとりたい」ブルが大声でいった。「ヴィシュナはどこにいる？　彼女が必要なんだ！」

時間をむだにできなかった。

ヴィシュナは見つからない。タウレクも彼女の居場所を知らなかった。かれが指さしたスクリーンには、ハンザ司令部の周囲が時間塔といっしょにうつっている。

「ことによると彼女、石の夜間灯のところかも」と、タウレクがいった。

ブリーはすぐそこに向かおうとしたが、タウレクに引きとめられた。

「スクリーンを見ろ！」と、タウレク。

修道士たちの姿は、どこにも見あたらない。全員が塔のなかなのだろう。だが、時間塔自体は内側から赤々と輝きだしていた。

3

エルンスト・エラートは黙って身元確認されるにまかせた。末端のロボットはメタモルファーのデータを持っていないため、上位ロボットと連絡をとり、そこからハンザ司令部にデータ確認を依頼したしだいだが、まだ司令部から指示がこないのだ。

ヴィールス体のメタモルファーは、あきらめてため息をついた。困難は最初から予想していたのだが。なにもかもがそんな短時間でかたづくことなど、あるはずがない。自分の新しい人格が優先事項に入っていないのは当然だ。まず優先されるべきは、地球上のいとなみをある程度まで正常化させることと、ミニ地球からもどった人間が今後の生活を送るための前提条件をととのえること。

エラートは一瞬、もよりのヴィジフォン施設からネーサンに連絡をとり、地球と月の全コンピュータ・ネットワークに情報を送るようたのもうかと考えた。だが、それはやめにする。ネーサンに蓄積されているのは、エラートがチュトンといっしょに数日間ルナに逃げたときのデータだ。それを送ったところでなんの役にたつというのか？　もう生存能力のないぼろぼろの肉体のデータなど、数日で消去されるにちがいない。

新しいからだを得たエラートは、生まれ変わったような気分でいた。ヴィールス体のやや奇妙な能力に不安を感じはしたが、それにも慣れた。ごく短期間に人間としてのからだをふたつ失ったかれにしてみれば、再生はまるで奇蹟のようなものだった。そう思うと、石の夜間灯という名の修道士との絆《きずな》を強く感じた。自分が時間塔のゼロの底で死と格闘するあいだ、修道士は光明となってくれたのだ。

「どうぞ!」監視ロボットが耳ざわりな声を出して、音もなくわきにどき、エラートを通した。そのときメタモルファーはじめて、ロボットが脚を使って移動せず、床から五センチメートルのところを漂っているのに気づいた。反重力クッションだ。人間の姿をしたそのロボットの動き方には、おかしなところがあるように見えた。

「不具合があるな」エラートは、ロボットのそばを通りぬけるときにそういった。「どうした?」

「分解されて、本来の目的と違う部品をいくつか入れられそうになったんです」ロボットは進んで答えた。「技術狂マシンとして利用される予定でした。でもその計画は実行されませんでした。あるときだれかがやってきて、わたしを補修したのです!」

エラートはなにか意味不明なことをつぶやき、ハンザ司令部を進んでいった。ブリーと話したかったが、ブリーはいまスチールヤードにいる。会議中のところをじゃまするほど、自分の用件は重要ではないだろう。ヴィシュナから連絡があったのだ。彼女はエラートに、石の夜間灯の時間塔へいっしょに下降するようもとめてきた。彼女はタウレクにも同行してほしいようだったが、タウレクも月に滞在中だ。

タウレク抜きで行くと女コスモクラートが決めたので、エラートはヴィシュナとの待ちあわせ場所に向かった。

通廊沿いに進み、反重力シャフトをいくつか使う。ある階層に足を踏み入れると、そこには、さまざまな方向に向かう搬送ベルトだけがあった。ある出口に向かうベルトに乗る。すぐに搬送ベルトは動きだし、かれは運ばれていった。

人間とも地球外生命体とも出会わなかった。ハンザ司令部はひっそりとしている。だが、なにも動きがないわけではないことをエラートは知っていた。通りがかったドアの背後に動きを感じる。残業が日常化しているのだ。科学者たちの全部署がもっぱら気づかっているのは、前衛騎兵としてミニ地球にのこり、ヴィールス・インペリウムと接続している人類二万人の家族の暮らしについてである。

搬送ベルトの終点はエアロックに似たドアだ。エラートはその直前でベルトから跳びおり、しばしそこに立った。きれいに磨かれたドアにうつった自分の姿をちらりと見る。身長は百八十センチメートル。すらりとして、ライトグリーンのコンビネーションから頭が突きでている。青みがかって輝く頭部はからだと同様、完全に無毛だ。

見た目はふつうの人間……あるいは、数百年という時をへてさまざまな影響で皮膚が青くなったかつての植民地テラナーの子孫である。近づいてみても、外見上はその印象がたもたれている。

だが、実態はまったく異なる。エラートのからだは、そのコンビネーション同様、原子段階でプログラミングされた非常に特殊なヴィールスの集合体なのだ。修道士たちのからだも、わずかな相違点をのぞけば、かれと同様だった。エラートはヴィールス体の構造を意図的に変えることができた。水晶のように硬くも、有機体のように柔らかくもできる。無数のヴィールスに分割することも可能だ。微細な塵に分離して、細い裂け目や開口部を通過したのち、ふたたび一体化することもできる。修道士たち同様、ブラスターのビームを浴びてもダメージをこうむらない。

「これがわたしだ！」と、メタモルファーはつぶやく。この慣れない呼称にも、ここ数日間ですこしはなじんだ。その呼び名はかれの能力にぴったりだった。精神的問題については奇妙な外見の下にかくれているが、タウレクとヴィシュナの指令でメタモルファーを誕生させた修道士たちは、あらゆることを考えていた。エラートは完璧な男であり、女たちにはとても魅力的にうつるのだ。ヴィールスがある特定のフェロモンのようなものを発生させているのかもしれない。修道士たちはエラートを無条件にリーダー完璧なあらたな肉体は権威をも意味した。

として認めていた。

「ご主人！」石の夜間灯はいつもそういったが、エラートがその呼び方を気にいらないことは承知していた。エラートの考えでは、その呼称は権威だけでなく独裁をも意味するので、とても受け入れられない。数ヵ月前までは超越知性体〝それ〟の一部にすぎなかった自分が、ほんのすこしでも独裁者めいた雰囲気を宿していると思うと、いやけがさした。かれは自分のことを人間でありテラナーだと感じているからだ。

エラートは多彩に光るガラス玉のような目で、ドアの鏡面に最後にちらりと目をやると、右手を前に出し、そっと熱感知メカニズムに置く。すぐにドアが開いた。

ハンザ司令部の周辺セクションに入り、環状通廊を通ってもよりの玄関ホールに急行した。外からはソルの光がさしこんでいる。窓の色つきガラスの向こうに、まだのこっているミニ地球二万個のうち二、三個を見ることができた。ハンザ司令部周辺にある時間塔のすぐ近くを漂っている。

ヴィシュナはなにをするつもりなのか？

広大なハンザ広場に出て、ヴィシュナを探す。駐機していたグライダー二機のあいだに姿が見えた。彼女はエラートに合図してから、石の夜間灯が住んでいる塔を指さし、その方向に動きだした。

エラートもその時間塔に向かった。ヴィシュナとの距離がどんどん短くなる。人間には具象ベリーセの姿でうつる彼女は魅力的な存在であり、だれにとっても理想の女性像だ。いまもエラートは彼女から目をはなすことなど、ほとんどできない。ふたりは時間塔のすぐ前で落ちあい、ヴィシュナは輝くような目でエラートに挨拶した。

エラートは彼女との最初の出会いを思いだした。〝ヴィールス基地〟の出入口のひとつで、彼女がかれとチュトンを捕虜にしたときのことだ。ヴィシュナは当時まだ、宇宙のネガティヴ勢力だった。

ヴィシュナはかれがなにを考えているかを推測してこういった。

「以前のことを思いだしたのね、エルンスト。まさにここだった！」

エラートは口をゆがめて皮肉な笑みを浮かべた。いまはヴィシュナの目に黒い炎はもうない。当時とはすべてがまったく異なっている。エラートはこういった。

「なにか重要なことが起こるような予感がする。それはなんだろう、ヴィシュナ？」かれの視線が彼女の口に注《そそ》がれた。

「ひとつの決断をくださなければならないの。じつはもう決まっていることだけど、石の夜間灯が自分であなたに伝えたいそうよ！」

「ヴィールス・インペリウムと関係があるのか？」

「すべてのことはヴィールス・インペリウムと関係がある」ヴィシュナは謎めいたいい方で事実を表現した。「しばらくはずっとそれがつづくわ！」

彼女は石の夜間灯が住む塔の出入口を指さした。エラートは歩きだした。

＊

エラートは、地中深く達している黒いクリスタルのシャフトのなかを漂っているうちに、あらゆる時間感覚を失った。反重力シャフトよりも高速で下降していく。下に行けば行くほど、時空をさかのぼることになるのだ。時間の底がすごい速度でうつり変わっていく。それらの底は、ひとつひとつが過去の時代に対応している。そして、ゼロの底がビッグバンの時点となる。

「かれはもうあなたを待っている！」ヴィシュナの声がエラートの上で響く。その声はぼんやりと全方向にひろがっていくようだ。彼女がいっているのは石の夜間灯のこと。ここまで過去の時代を旅してきたエラートは、一部ぼんやりと、一部くっきりとしたその映像を知覚しようとした。過去の映像はシャフトの壁にうつっている。

シャフトは終わりがないような感じだった。黒い景色から時間の底へとうつっていく。これらのシャフトは本来、ヴィールス・インペリウムが過去の情報を獲得しようとしてつくったものだということをエラートは知っていた。つまり、これらは時代に関連したデータ収集装置なのだ。空間的にはそれほどひろくないのだが、時間的に各時代の底にいるのか、それとも、いつかの過去を通過中なのか、それはわからなかった。地球表面に帰還するさいには、人はつねに各自の時代に到着した。

映像が変化していることに、エラートはしばらくして気づいた。ぼんやりして見える。以前はまさに鮮明な光景だったが、いまは輪郭と影がわかる程度だ。この時間塔内でなにかが起こっている。

ふいに、ゼロの底が下に出現した。漆黒の闇しか見えなかったものの、エラートの目は期待に満ち、ダークグリーンに輝く衣装があらわれるのを待った。

「石の夜間灯！」ヴィシュナが叫ぶ。「なにか変だわ。修道士はどこかしら？」

エラートが不安げに動く。かれにはなにもわからなかったし、ヴィシュナもなにもいわない。ゼロの底でなにかが変化したのか？

その瞬間、エラートはなにかに引っ張られるような、乱暴に引き裂かれるような感じがした。なにかの力につかまれて、下方に落ちていく感覚が消え、虚無のなかで動けなくなる。シャフト内の環境がはげしく変化していた。温度が絶対零度に向かって急速にさがっていくみたいだ。かれのヴィールス体はどうということはなかったが、その変化には不安をおぼえた。まるで、時間が消滅したようなのだ。

「ヴィシュナ！これはなんなんだ？」そう叫んだつもりだったが、声がしない。頭で考えて唇を動かすが、なにも聞こえてこない。

空虚空間だ！われわれ、どこかをさまよっている！

からだを回転させようとするが、うまくいかない。不気味な力を発するベトン・ブロックのなかに閉じこめられたようだ。

時間消滅の感覚はエラートにとって初体験ではない。時空を通過して墜落し、宇宙のはじまりを体験したり、大宇宙の真実もわからぬまま、その終わりに到達したことも何度となくある。ヴィールス体を得たいまは、自分が充分に強いと感じられるので、時間の底での現象にも効果的に対処できるだろう。

意識が回転しはじめる。なにかに引っ張られて、なにもできない。なにかが自分の意識を引き裂き、肉体から引きだそうとしている。全力で抵抗するが、戦いは何時間もつづき、しだいに心身が疲労困憊《こんぱい》してきた。こうなると、肉体を出た精神は崩壊してしまう。

ヴィシュナよ、助けてくれ！　わたしは消えてしまう！

徐々に意識が混濁し、思い出が走馬灯のように浮かびはじめた。ミュータント部隊への入隊、無限への旅、〝それ〟のなかへの吸収、地球への帰還。多くの光景が頭に満ち、命の火を封殺しようとする。

強烈な不安に襲われる。思わず、意識のなかにのこっていた最後の力を総動員した。命の火は不安げに揺らいでいるが、まだ消えていない。

そのとき、恐ろしい絶叫が耳をつんざいた。自分の叫び声だとわかる。ということは、周囲にはふたたび空気が存在するのだ。同時に、意識を引き裂こうとする力が弱まって、目の前に映像があらわれた。時間の底だが、これはまだシャフトの終点ではない。

「……かれはここに向かっているわ」ヴィシュナの声。「石の夜間灯がやってくる！」

ふたりはふたたび時間の底を通過し、下降していく。そのときエラートは、修道士全員が着用している〝塵衣装〟のダークグリーンの輝きが見えた気がした。それがどんどん強くなり、接近してくる。エラートのところまでくると、そこでとまった。フードの中央に真っ黒な穴があいている。その奥にある白い点が星のようにきらめき、エラートを見つめた。

「石の夜間灯！」ほっとしたエラートがなんとか声にする。「なにが起きたのだ？」

「重層干渉です、ご主人！」石の夜間灯がいう。「恐ろしいことですが、わたしにはとめられませんでした。わたしがあなたがたを出迎えることでシャフトを安定させるしか、方法はなかったのです！」

ふたりは、また下降していることに気づいた。エラートの足がかたい平面に触れた。時空の彼方にあるシャフトの底に着いたのだ。ここはミニチュア宇宙にある、ビッグバン前の絶対虚無のなかだ。

「わたしはここであなたがたを待っていました。すべてが生じた原点の場所で」石の夜間灯がそういった。かれの声はいつもどおり、かすれたささやきみたいに聞こえる。身長二・五メートルの棒のように細い肉体がゆっくりと動きだす。「なぜシャフトが制御を失ったのか、わたしには説明できません！」

「そのせいでわたしたちの計画が妨害されてしまう！」と、ヴィシュナ。「計画を延期することはできるの？」

「ビッグバンにかけて、無理です！」石の夜間灯がいった。「不可能です。すでにプロセスははじまっています！」

「わたしの存在をあやうくするこのプロセスについて、ヴィールス・インペリウムはどういっている？ そもそも、この冷気はどこからくるのか？」エラートがたずねる。

石の夜間灯は修道服を通してたえずヴィールス・インペリウムとコンタクトをとっていたが、このとき動きをとめ、エラートの前に、クリスタルの柱のように立ちはだかった。

「ヴィールス・インペリウムはこれを未来からの、それも近未来からの攻撃と認識しています。近未来になにか非常に危険なものがあり、それが冷気をひろめるというのです。われわれの宇宙で絶対零度と呼ばれるものよりも強烈な冷気を！」

「すべてが破壊されてしまう！」エラートが声を振りしぼるようにいった。驚愕している。「それがわれわれを攻撃してくるのだな！」

石の夜間灯はしばらく沈黙した。白いきらめきだけが、かれのフードから間断なく光をはなっている。

「あなたがたは死ぬところでした。なかでもご主人、あなたは！　あやうくこの宇宙から消えそうになったのです。ビッグバンにかけて、どうやってあなたを連れもどすことができたのか、わたしにはわかりません！」

「きみはわたしの命を救ってくれた、友よ」エラートは震える声でいった。「修道士たちがわたしを主人として見ていることはわかるが、今後はそういう呼び方はしないでもらいたい。いまからは友と呼んでくれ！」

楽しげな笑い声があがった。ヴィシュナだ。彼女はふたりのあいだに入りこみ、「かれにそう呼びかけなさい、石の夜間灯！」と、もとめた。

石の夜間灯はスローモーションのようにエラートに近より、ふたりはぐっと接近した。

「友よ！」石の夜間灯がちいさくいった。「悪く思わないでください」

士の解散時期がやってきました。ヴィーロトロン結合は存在し、ヴィーロチップとして活動する前衛騎兵も機能している」そして、悲しげにつづけた。「われわれ修道士は不要になったのです。時間塔も。ヴィールス・インペリウムはすでにプログラムを送り、解消プロセスをスタートしました！」

「そんな……」エラートはふいに知らされて、なかなか声が出なかった。「われわれを見はなすのか！　すくなくともきみはのこってくれ、友よ！」

「そのプロセスには全員が必要よ。だれものこることはできない！」ふたたびヴィシュナが割って入った。

エラートは言葉を失い、おちつきをとりもどすまで数分が必要だった。緩慢な動きで黒い壁を見つめた。ビッグバン前の宇宙の状態なので、そこに光はない。

「わかってください、友エラートよ」石の夜間灯がいいそえた。「われわれは時間塔を除去しなければなりません。未来からの危険はとほうもなく大きいのです。もしその危険が時間塔を通じて過去の出来ごとに介入する手段を見つければ、地球だけでなく宇宙全体が危機におちいります。もはやこれ以上は待てません！」

石の夜間灯の塵衣装の下から、腕のようなものがエラートのほうに伸びてきた。メタモルファーはグリーンに輝く手を急いでつかみ、しっかり握りしめる。石の夜間灯がとっくに手をゆるめてからも、まだ握っていた。それから修道士はゼロの底の向こうへ遠ざかっていった。

「ただお別れを告げたくて、ヴィシュナにあなたをここに連れてきてもらったのです」くぐもった声がふたたび響く。「地表にもどってください。そうすれば、時間塔の解消プロセスに巻きこまれることはありません。とくに友よ、あなたはその危険から身を守らなければ。いずれの時間の底にも漂着しないよう注意してください！」

ヴィシュナがすでに時間塔を上昇しているのが見えた。エラートは、真の友となった石の夜間灯の最期の姿を目にとめる。かれの助けがあればこそ、一生でもっとも困難な時期を克服できたのだ。石の夜間灯は自分の面倒を見てくれた。エラートの誕生時の肉体は、霊廟のなか、なかば腐乱し使い物にならない状態でかれを待っていた。それはかれにとり、最後の避難所だった。その肉体を失うということがエラートにとってなにを意味するか、真に理解してくれたのは石の夜間灯だけだったかもしれない。

「きみのことは絶対に忘れない、友よ」そういってエラートはシャフトの上方へ向かった。

「さようなら、友よ」石の夜間灯が応答する声が聞こえた。だがその声は、時間の底のあいだにある虚無のどこかで、時空を旅する者が遭遇するドップラー効果のために、急速にひずんで消えた。

そうなのか、と、エラートは打ちひしがれて思った。友情の終わりは宇宙の一時代の終焉と同義ということ。今回はこうなる運命にあったのだ。

だが、まだ納得できない。ハンザ司令部を出て広場に向かい、石の夜間灯の時間塔を探すことを、エラートは決意していた。塔がすでになくなっていること、石の夜間灯がもういないことを、目を見開いて確認しなければならない。

時間は進む。けっしてとまることはない。時間はエラートを地表へと連れだした。本来かれが生きている時代へと。

時間塔は多彩に輝くガラス状の建造物だ。高さ五十メートルで、鍾乳洞の石灰柱を連想させる。修道士たち同様、ヴィールス集合体でできていて、制御インパルスの増幅装置として役だっていた。内部は空洞で、直径は十ないし二十メートル。壁には色とりどりのクリスタル構造体があり、上端まで回廊がらせん状に伸びている。

エラートとヴィシュナが時間塔の上端に到達したときには、回廊はもう崩壊していた。塔の内部は、あらゆるものをのみこんでしまう危険な光を受けて輝いていた。ヴィシュナがエラートに合図する。

＊

ふたりは急いで時間塔を出てはなれた。見ると、ハンザ広場は閑散として、あちこちにあったグライダーが消えている。

「どこに行ったんだろう？」エラートがヴィシュナに訊いた。彼女は広場中央に走っていき、エラートもすぐあとを追う。

「ここからはなれるようにとわたしが指示したのよ」と、ヴィシュナは答え、謎めいた目でエラートをじっと見つめた。「見て！　時間塔が崩壊していく！」

石の夜間灯のクリスタル建造物、時間塔がぼろぼろになっている。ヴィールスは地面に落ちず、雲へと変容した。雲は地表間近からはじまって塔の先端まで達し、中央部がふくらんで紡錘形をなしている。その後、どんどんふくらんで球形になった。そのほかの塔も同じように変形していき、すぐさまあちこちでヴィールス雲が空中を漂いはじめた。

それを観察していたふたりの頭上では、どこかでロボットカメラの音がした。映像をハンザ司令部のコンピュータや、地球各地のスクリーンに送信しているのだ。

エラートは、石の夜間灯の塔が変容した雲を指さした。下降シャフトがあったところには、広場の地面が無傷でのこっている。

「かれはあのなかか？」エラートが訊く。ヴィシュナがゆっくりうなずく。

「そうよ。すべてあの雲のなか。シャフトも、時間の底での現象も、石の夜間灯も！」

「あのヴィールス雲はどうなるんだ？」

エラートが見ていると、多くの雲は動きだした。空に昇っていき、すぐさま都市の高層ビルの背後に姿を消す。だが、一片だけは動こうとしない。石の夜間灯の雲だ。それがゆっくりと漂いながら広場中央に近づくと、動きをとめ、銀色に輝いた。

それからかたちを変えた。圧縮されて、小型の時間塔に似た姿になる。だが、石灰柱のかたちではない。そのヴィールス雲は高さ十メートル、直径二メートルの柱になり、広場の表面にそびえた。色鮮やかなクリスタルとなり、広場のどこからでも見えるようになる。柱の下部に、大人の背丈くらいの楕円形の開口部があった。

エラートは柱に近より、その開口部をのぞいてみた。

「アルコーヴだ。アルコーヴを持つ柱ということ。どうすればいいのだろう？」

ヴィシュナは答えず、従来の場所から動いていないミニ地球のほうを見つめた。そこでは前衛騎兵が作業に専念している。その球体のひとつが柱に近づき、表面をのぼっていく。ヴィーロチップは柱の上に乗ると、そこにとどまった。

そのほかのミニ地球は空に向かっていっせいに上昇し、ヴィールス雲同様、去っていった。

「地球上の二万の大都市でいま、同時に同じことが起きているわ」ヴィシュナが説明する。「どの都市にも、ヴィーロチップが乗ったヴィールス柱が一本できている。これにより、各人が直接ヴィールス・インペリウムとコンタクトできるようになるの。ただし、ヴィールス・インペリウムが応答するのは、本当にまともな理由がある場合だけ。時刻の問いあわせなんかには答えないわ」

アルコーヴ！　エラートは理解した。あのアルコーヴはコンタクトのためにあるのだ。

もしかしたら、わたしも石の夜間灯と……？

〈石の夜間灯はいままでのかたちでは存在しないわ。修道士としてのかれの存在を思い起こさせるヴィールス集合体はもうない〉ヴィシュナの声がエラートの心のなかで響きわたる。このときエラートにははっきりわかった。彼女が口を動かしただけで、その考えがかれの脳に投影されるのだ。

「残念だ」と、エラート。「かれとはもっと話したかった。話すべきことはたくさんあったし、親しみも感じていたのに！」

「あなたがそういう気持ちになったからよ」ヴィシュナがほほえむ。「俗な表現をすると、石の夜間灯はあなたに惚れたのね。もちろんあなたのほうも。わたしが以前もっとふたりのことを気にかけていれば、多くは違った結果になったでしょうに！」

「ああ」エラートはそういうと、ハンザ司令部の出入口のひとつを指さした。人影があらわれ、方向をたしかめてから、力強い足どりでふたりに向かって近づいてきた。タウレクだ。興奮している。たえず〝ささやき服〟が動いているので、まるで息切れしているように聞こえる。

「会議はうまく運んだ」かれはヴィシュナにそう報告した。エラートのほうには一顧だにしない。「ブルがGAVÖKに情報を伝えることになった。ちなみにティフラーが同行する。啓蒙キャンペーンがうまくいけば、失敗するはずはない。ただ、時間が充分にないことが心配だが！」

ヴィシュナの目が暗くなった。なにかを予感したようだ。そこでタウレクははじめてエラートのほうを見た。

「きみもわかっているのか」かれが暗い声でいった。「その場にいて、ゴルゲンゴルを見たからな」

「あの炎の標識灯！」ヴィシュナの声には興奮がうかがえた。「あれはどうなるの？」

「わからない」タウレクが陰鬱そうに口にする。「ゴルゲンゴルが不吉な知らせをよこしてきた。わたしが暗黒世界に置いてきた送信機が警報シグナルを発している。なにかが起こるぞ！」

「ペリー・ローダンだ！」エラートが歓呼の声をあげた。「それしかない。かれと銀河系船団がもどってくる！　そして、無限アルマダも……」

「いや！」タウレクの黄色い目がエラートをぎらぎらと見すえる。「もし無限アルマダが銀河系にあらわれるなら、われわれはすでに探知しているし、テラにも連絡がくるはずだ。なにか違うことが起こったにちがいない！」

「なるほど」エラートが小声でいう。「ところで《シゼル》がどこにも見えないが！」

そのとき、長さ八十メートルのパイプが、雲ひとつない広場の空を暗くした。タウレクのとほうもない小型宇宙船《シゼル》が地表におりてきたのだ。タウレクはそちらに向かい、ヴィシュナがあとを追う。エラートはとほうにくれてその場に立ちつくしていたが、タウレクが合図してきた。

「乗れ！」と、エラートを誘う。タウレクは制御プラットフォームに入り、鞍《くら》に似た操縦席にすわると、「時間をむだにしたくない。不吉な予感がする！」

エラートが乗りこむ。かれをとりまく光は、この小型船の防御バリアがオンになった印だ。タウレクの指先が操縦席のキイの上を動く。《シゼル》はハンザ広場をスタートし、都市とゴビ砂漠を通過したと思うと、一瞬にして見えなくなった。もしもエラートが、そもそもだれひとり気づいていないこの現象を前から知っていなかったなら、一度ならず驚きの声をあげていたかもしれない。

「ゴルゲンゴル、そちらに向かうからな！」と、エラートはささやいた。

4

チーフ・ロボットであるグーグの部下の給仕ロボットたちは、いままさに七品めの料理を運んでいる最中だった。そのあとをラ＝グーファングが追う。コック服はすっかり油とシロップまみれで、目をぱちぱちさせていた。両目を絶え間なくこするものだから、刺激を受けて涙がとまらなくなったのだ。シ＝イトは皿から目をあげ、料理長に非難のまなざしを向けると、

「一品めはカシュュイ魚の目玉、次いでグロドの後腸を添えたイェティフトゥリ粥《がゆ》、それからシュリュルプを添えたプシュリュの疣《いぼ》。ここまではいい。きみが信用できるということはわかっていた。もしも、これらの美味を太陽系でのわれわれの客であるスプリンガーやエルトルス人に供していたなら、わたしはきみを宇宙服なしで真空にほうりだしていただろう。だが、四品めの料理としてきみは、安物を詰めこんだイリュ・イモムシの内臓を出してきた。そのあとはグリュッチュ麦の粥、その次が火炎カブトムシ入りのイラクサ・ムースだ。いまロボットたちが運んでいるのは七品めの料理だが、どうやら、

泡立てた内臓をオリュリ・イルリュのジューシーな脂身でつつんだものではなさそうだな。それが、きみが一度すでに焦がしてだめにした料理のつけあわせだったはず。粘り足動物の脛肉料理はどうなったのだ？」

ラ＝グーファングは数歩あとずさりした。振り向いて逃げだそうとしたのだ。キッチンに問いあわせます、と、小声で弁解したが、シ＝イトはそれには反応しなかった。

「どうなったのかと訊いているんだ、このまぬけ！　なんの権利があってわたしの健康を損なおうとする？　脛肉料理はわたしにとって命なんだ！」

ひろいテーブルにすわったブルー族たちは沈黙している。艦長と料理長とのいざこざに介入する者などいなかった。だれひとり、とりなそうとはしない。

「陰険な青い被造物にかけて！」艦長が興奮してさえずった。「きみは不当にもわたしから命の薬をとりあげることで、わたしに毒を盛ろうとしている！」

ラ＝グーファングは甲高い声でなにか話すのだが、シ＝イトはおさまらず、椅子から立ちあがると、あわれな料理長と面と向かいあった。頸が揺れているのは危険な徴候だ。かれは両手で自分の半球形の腹をたたき、大きくげっぷをした。

「聞こえているのか？　いちばん重要な料理がまだきていないのだぞ！」

「脛肉料理は……できません。オーブンが……陰険な青い被造物のしわざです！」ラ＝グーファングはあえぐようにそういって、宴会場の出入口に走った。そこで装飾用の花環に引っかかり、固定していたプラスティック糸を引きちぎってしまう。たちまち壁や天井からがさがさと音がした。装飾担当のシムファープリが驚いて叫び、シートから立ちあがる。その勢いで、かれの皿がテーブルから落ちた。

宴会場は大騒ぎになった。壁の装飾が動いてプラスティック糸が引っ張られ、色とりどりの……青色だけはないが……花環がずれたり、滑ったり、はねたりする。それらが床に落ちる音と、天井の飾りがきしむ音。天井の固定用糸もゆるんだため、花飾りがテーブルおよび、食事中のブルー族の上に落ちてきた。悲鳴と金切り声が巻き起こり、シ＝イトは数秒間、立ちつくした。かれの皿頭の上には、いろいろな飾りが重なっている。会場のどこかで中身の抜けた風船が音をたて、艦長の前側の両目の上に落ちてきた。

「ばか者め！」突然シ＝イトの怒りが爆発する。「きみをテラ風のローストポークにしてやる！ グリーンの砂の被造物にかけて、いますぐ粘り足動物の脛肉料理を持ってこなかったら、からだをしなびさせてやる！」

料理長の口からひゅうという音が出た。それを聞いて艦長は、ラ＝グーファングが限界状態だと知った。シ＝イトは風船を振りはらい、錯綜する花飾りのなかから抜けだす。かれの目には、ラ＝グーファングが色とりどりの紙やプラスティックのなかであっぷあっぷしつつ、倒れこむのが見えた。

艦長はたちまち食事のことを忘れ、前に跳びだした。ところが、障害物で動けなくなって倒れ、ラ＝グーファングにぴったりくっついてしまう。かれは料理長を助け起こすと、その顔を間近に見て、さえずった。

「こんなつもりじゃなかった。真実の白い被造物にかけて！　ラ＝グーファングよ、信じてくれ。目をさますのだ！」

ラ＝グーファングは片目をそっと開け、何度かまばたきした。

「オーブンが壊れたんです！」と、あえぎながらいった。「粘り足動物の脛肉料理はもうできません……」

かれはとうとう気を失った。シ＝イトはラ＝グーファングをそっとしておき、自分の食事用シャツをほうりなげた。

「もうやめよう！　宴会場がもとの状態にもどるまで、食事は中止だ！」

艦長が見つめるなか、花飾りの山の下からうめき声やあえぐような音が聞こえ、ブルー族たちが大儀そうにゆっくりと姿をあらわす。かれらがとぼとぼ歩いていったのち、シ＝イトは気絶したラ＝グーファングを医療ロボットにまかせて、最後にその場を去った。急いで司令室にもどると、ちょうどそのときスクリーンが明るくなり、女ブルー族の甲高い声が聞こえた。

「身元証明を！　確認できない場合は殲滅《せんめつ》します！」

シ＝イトはマイクロフォンに駆けより、まくしたてた。

「こちら《ユィルミュ・ヴァンタジイ》のシ＝イト艦長だ！　そちらは？」

相手はふいに微笑し、かれに向かって親しげに目くばせした。

「ハロー、シ＝イト！　思っていたより几帳面《きちようめん》ですね！　わたしは二百三十隻からなる艦隊の指揮官代理です。その指揮をいま、ここであなたにまかせることになりました！」

シ＝イトは軽く頭をさげた。相手の声に耳をかたむけ、超音波領域で振動を測定する。その結果、彼女がいままで艦隊を自身で統率してきたことがわかった。だが、このあらたな状況を相手が気にいっているどうかはわからない。

「つつしんでお受けする」と、シ＝イト。「そちらをどう呼べばいいだろうか？」

「ガルファニイ」と、女は簡潔に答えた。「われわれは編隊で動いていて、いまのところ進軍命令はとどいていません。司令部はあなたの到着を待つつもりでいます！」

シ＝イトは接続を切り、ガタスの司令部に通信をつないだ。

かれは本来、戦闘部隊や司令部といった考えは時代遅れだと思っている。もう戦う相手はいないからだ。セト＝アポフィスのような敵が出現すれば話はべつだが、そうした場合でも自分たちの艦隊は、戦闘艦隊ではなく防衛艦隊と呼ばれるべきだと考えている。

今回はシ＝イト側からコンタクトをとった。シフェイ＝ロル＝ドマルにしてみれば、下位の者を相手に二度もコンタクトをとるのは沽券《こけん》に関わるだろう。

「いまいるセクターの待機ポジションに向かってください」と、将校が告げた。「現在そちらがいるのは銀河系最縁部です。折りを見て指令がとどくでしょう」

シ＝イトはいまの連絡を復唱してから、あらたにまかされた艦隊に指令を出した。先頭は大型戦闘艦《ユィルミュ・ヴァンタジイ》だ。エンジンを切り、相対的に静止する。

「待機せよ」かれは不満そうにさえずる。食事抜きで待ってなどいられない！「ラ＝グーファングはどうなった？」

「意識をとりもどしました」と、主任操縦士ギュルガニイ。「ですが、状態はよくありません！」

そのとき、エリュファルがふいに通信装置を凝視して、記録用ボタンを押した。それを右側の目ふたつで見たシ＝イトは、二回のジャンプで首席通信士の横に行く。

「食事ののこりをあたえよ。そうすれば元気になるだろう」ギュルガニイにはそういったものの、いった直後にはもう忘れていた……そのあいだに、艦内の乗員千八百名のなかでは、シ＝イトの寛大さについての話がたちまちひろまっていたのだが。

通信装置には、シグナルが定期的に送られてきている。シ＝イトはそれを追ってみたが、シグナルは一部が五次元構造、一部が六次元構造のため、なにひとつ理解できない。

とほうにくれた顔をするしかなかったが、エリュファルにしても、このシグナルのあつかいには窮していた。

「どうしてわれわれはいままでこのシグナルに気づかなかったんだろう？」と、シ＝イトがいうと、エリュファルはこう答えた。

「つい最近になって発信されたからです！　外のどこかからきています！」

通常の通信シグナルではなかった。むしろ、銀河系外にある物体の散乱インパルスのように見える。

シ＝イトは自分の観察結果を急いでガルファニイに伝えた。彼女は、わかっているとばかりに頸を曲げた。

「わたしがそちらに、ほかの艦の記録を転送したのです。かれらはここ数日、同様のシグナルを受信しています。発信源は銀河イーストサイドのあちこちですが、まだだれも解明できていません。シグナルが短時間で消えてしまうので」

シ＝イトはガルファニイに礼を述べ、シグナルが消えるまで待ってからいった。

「エリュファル」と、興奮して、「このシグナルを究明する勇気の持ち主がひとりもいないなら、それは恥ずべきことだ。すこしは名誉を挽回しようじゃないか！」

「では、艦長は本気で……」エリュファルは驚きのあまり、息を切らした。どうしてシ＝イトは突如として食事のことを忘れたのだろう？

「司令部に通信せよ！」と、シ＝イト。「奇妙なシグナルに接近する、となの われわれは銀河系をはなれる！」

その直後、艦隊は加速し、星間の虚無へと消えた。残留インパルスが艦隊のリニア空間潜入を示していた。

*

ゴングの音が、数学上での銀河の縁をはなれたことを告げた。外には星ひとつなかったが、ブルー族の大半にしてみれば、その虚空がかならずしも精神状態に影響するわけではない。旗艦の司令室内ではつぶやきが絶えないし、通信士や技術者たちも……副操縦士のツィギュリですら……艦隊が虚無のなかを疾駆するあいだもみんなの命はぶじだと、全乗員に呼びかけていた。

シ＝イトはシートにすわって、部下たちの態度を威厳ある視線で追っていた。だが、手だけは震えている。その動きをかくそうとしたが、いかんともしがたかった。六本のおや指を万力のように組みあわせてみたが、なんの役にもたたない。脈がはげしく打っている。自分がとほうもなく間違った決断をくだしたのではないかと、しきりに悩んでいたのだ。なにもないどこかに向かって進んでいる。すくなくとも艦の記憶装置を見るかぎり、そこに天体が存在するという手がかりは皆無《かいむ》だった。あらたなシグナルもこない。シ＝イトの艦隊はまさに、陰険な青い被造物とともに場当たり的な航行をしているのだ。文字どおり、罠と滅亡のにおいがする。

もうもどれない。シ＝イト自身が決断をくだしたのだし、最高司令官シフェイ＝ロル＝ドマルから託された栄誉をになっているからには、恥をかきたくなかった。シ＝イトは苦虫を嚙みつぶしたような顔で黙りこみ、大きな主スクリーンのはしに分割画面でうつしだされている探知表示を見つめた。漆黒の空間を見ると、はるか遠くに星々があるだけだったが、それでもかすかに生命体の存在を感じさせてくれるものにはちがいなかった。

「われわれ、なにと遭遇するんでしょう？」ユルリィがたずねる。中年の魅力的な女サイバネティカーだ。専門に関する実験を中断して、もっぱら搭載兵器の性能に気を配っている。艦隊所属の各艦の状態をチェックしていた。

「宇宙の黒い被造物にかけて、だれにもわからんな」シ＝イトはやっと無難な話ができると思い、上機嫌になった。「どこかの種族の、事故で破損した艦かもしれない。われわれの銀河に到達する直前に遭難したマークスかもしれない。いや、悪行をおかしたため、駆動装置なしで種族から追われた超重族だな。おそらく、いまもエネルギーなしで外にいて、わずかなシグナルだけを発信しているのだろう！」

シ＝イトは深呼吸し、自分は今回の航行においてもっとも重要な貢献をしたのだと考えた。だが、即座に反論を浴びた。口をはさんだのはギュルガニィだ。

「わたしはマークスかテフローダーだと思います。もし困窮している生命体なら、銀河系内でふつう使われるSOSを発信するはずですが、そうしていません！」

「グリーンの砂の被造物にかけて、それが正しいと思います」セイチュングが大声でいった。航行管理士は長い腕を動かしてサンダルを脱ぐと、その汚れをシャツのはしでぬぐった。

「正しかろうが正しくなかろうが、われわれにとって唯一の望みはエリュファルだ！」シ＝イトがいった。

首席通信士は部下を駆りたてて、たえずあらたな指令を出していた。それだけではあきたらず、予備品倉庫から追加の探知装置を引っ張りだしてきて、作動停止中の第二ポジトロニクスと接続する。これは艦載コンピュータが故障した場合のスペアと想定されているものだ。第二ポジトロニクスが作動し、使用可能な全エネルギーが注ぎこまれる。シ＝イトは、ガルファニイが呼びかけてきてようやく、それに気がついた。彼女は《ユィルミュ・ヴァンタジイ》の速度がなぜ落ちたのか、問いあわせてきたのだ。

「速度が落ちているはずはないが」シ＝イトはそういったものの、次の瞬間、なにが起こっているかわかり、大声をあげた。おかげで、司令室内のブルー族全員がシートから跳びあがった。「すぐにスイッチを切るんだ」シ＝イトが命令する。エリュファルが第二ポジトロニクスのスイッチを切ると、艦は急に加速した。加速圧吸収装置が作動したため、カタストロフィはまぬがれたが。

あらたなシグナルはまだこない。シ＝イトはコース変更を命じる。その直後、エリュファルがシグナル受信を報告した。最初こそ弱かったが、しだいに強くなる。「われわれ、発信源から見て死角にいたにちがいありません」と、首席通信士。「それとも、さっきまで発信源とわれわれのあいだになにか障害物があったのかも」

その障害物は事故にあった宇宙船かもしれないと考え、シ＝イトは顔を紅潮させた。だが、探知機で調べたところ、全員が勘違いしていたことがわかった。前方、数光時のポジションに天体が一個あったのだ。

シ＝イトは四つのまぶたぜんぶを震わせた。組んでいた手をシートの肘かけにのせ、細長い頸を背もたれに当てると、頭が揺れないよう、筋肉の動きに意識を集中する。突如、計画の次元が拡大したということ。艦隊指揮官としての任務が重くなったのだ。

「これはメッセージです」エリュファルがつづける。「内容は理解できませんが、なにかを示唆《しさ》している気がします。シグナルはまちがいなくあの天体から出ている！」

エリュファルは、ほかのすべての艦と通信をつないだ。その場で立ったりすわったりしていたブルー族が全員、前後の目をシ＝イトに注ぐ。シ＝イトは視線を浴びてからだが熱くなり、二、三度しゃっくりした。カメラに向きあう。

「宇宙の黒い被造物にかけて、われわれ、シグナルの発信源を発見した。この件をガタスの司令部に報告したのち、その天体に向かって飛ぶ。もちろん、あくまで慎重に！」

二百三十隻がいっせいに復唱する。シ＝イトは満足げに通信を切ってから、ギュルガニイに発進命令をくだした。こうして艦隊は最後のリニア行程を終え、謎のポイントまで数光分のところまで接近した。

＊

シ＝イトがいくら問いあわせても、コンピュータは意見を変えなかった。全艦の記憶装置および、ガタスもふくめて全惑星にある大型コンピュータのデータを調べたのだが、銀河間空間のこの宙域には天体はひとつもない。過去にもなかった。つまり、この天体はごく最近そこに出現したことになる。シ＝イトをはじめとしてだれもが不思議に思ったのは、その天体がほとんど動かず宇宙に漂っていることだった。

それは惑星だった。探知機によると直径は一万四千七百二十キロメートル、重力は二・三G、平均温度は摂氏十二度。大気組成は、ヘリウム、ネオン、アルゴン、クリプトン、キセノン、ラドンなどの希ガスからなる。エメラルドグリーン色に輝いていたが、光度はそれほど強くない。光学的には小さな円としか見えない。

いちばん驚いたのは、その惑星が、恒星から照らされてもいないのに光っていることだ。内側から光っている。

惑星上空には、高さ数百万キロメートル、厚み数万キロメートルの巨大なむらさき色の炎が燃えさかっていた。炎は動いていない。だが、シ＝イトは背中に這いあがってくる冷気を感じた。

この炎がなにか合図を送ってきているのか？

しばらくたってからようやく、シ＝イトの意識が司令室内の現実にもどった。加勢をもとめるようにあたりを見まわすが、乗員たちはかれの視線を避けて沈黙をつづけた。もしシ＝イトがいま撤退を命じたとしても、反対の声はあがらないだろう。

シ＝イトはふたたび会議用通信のスイッチを入れた。ガルファニイの頭が主スクリーンの左下すみに見えたので、こう伝えた。

「奇妙な惑星だ。わたしは全データをガタスに転送する。全艦を集結させ、球状フォーメーションを展開してもらいたい！」

「なにをするつもりですか？」

「搭載艇で着陸する。もちろん慎重に。この天体の謎を解明したい！」

司令室内でだれかが退却という言葉をささやいたが、シ＝イトは聞き流した。艦隊が〝ハリネズミのようにまるくなる〟ようすを観察すると、ギュルガニイに指令を出して、球状フォーメーションの先頭に《ユィルミュ・ヴァンタジイ》を向かわせる。

「出動志願者を二百名募る」シ＝イトがマイクロフォンに向かっていうと、その言葉は艦内のあらゆるセクションに伝わった。「宇宙服を着用のうえ、武装すること。集合場所は第四格納庫。十分後だ！」

かれは《ユィルミュ・ヴァンタジイ》に関する責任をギュルガニイに一任して、司令室から出ていった。自室に入って宇宙服を着用する。大型ブラスター二挺《ちょう》と予備の反重力装置をつかむと、それらをベルトに装着し、格納庫に向かった。手の震えはとまっている。好奇心による興奮を克服し、いまはすっかり冷静な艦長になっていた。かれがひきいる突撃部隊は、二、三分後には艦を出る。

集まった志願者は五十名だけだったが、しかたない。搭載艇五機で惑星に向かう。シ＝イトは一機を自分で操縦し、まずは表面近くに向かうコースをとった。それから惑星の極の方向に向かう。《ユィルミュ・ヴァンタジイ》の探知機を使って調べたところ、そこに艦船が多数あることがわかっていたのだ。だが、艦船とは名ばかりで、むしろ〝がらくた〟と呼ぶのがふさわしい難破船の数々だった。

「われわれの着陸地点は、がらくたが集まっている場所のはしだ」シ＝イトがいった。

＊

ブルー族は、艦船の巨大な墓場のはしに沿って進んだ。宇宙服の反重力装置のおかげで、まるで故郷惑星にいるかのようにのびのび動ける。それでもいつのまにか、全員がぴったりくっついてかたまっていた。そこから、全員のブラスターが防御槍のように突きでている。シ＝イトも例外ではなかった。

惑星の表面は凹凸《おうとつ》だらけで、ブルー族たちは困惑した。測定機で調べたところ、この表面は自然由来ではなく人工物と判明。この惑星にあるものはすべてが人工物のようだ。グリーンと青に輝く地面のあいだに黒っぽく浮かびあがる、艦船の残骸もふくめて。

「テラのエクスプローラー船だ」シ＝イトがふいにそういって、そちらを銃でさししめした。そのとき、心理看護師ユティフィが叫び声をあげた。

「夢の被造物がわたしの精神を混乱させているわ。ブルー艦三隻が見えます！」

シ＝イトは思わず目を閉じた。あらゆる被造物にかけて、そんなものは見たくない。そっぽを向いて集団をはなれた。同行者の大半がかれにしたがった。

シ＝イトは身が凍る思いがした。あらゆることを計算に入れていたが、ここでブルー艦を発見するとは思わなかったので、信じられない。頭がおかしくなりそうだが、そう口にせずにすんでほっとした。この瞬間、探知機を持参していた一技術者が超高音で絶叫したのだ。

「この惑星は、つい最近までここにありませんでした！」

シ＝イトは、士官学校で何度も耳にしたり読んだりした事件を思いだした。過去に再三、偵察航行中の艦船が姿を消したことがあったのだ。だがその後、行方不明の艦船が見つかったとか、その乗員について情報が入ったとかいう知らせはなかった。全員がこの恐怖の墓場で命を失ったのだろうか？

「しずかに！」シ＝イトはいった。「ここはわれわれの兄弟姉妹および、そのほか大勢の宙航士たちの墓場だ。かれらがこの惑星で遭難した理由はだれにもわからない！」

だが、明白なことがひとつだけあった。それはこの惑星が、ここに接近したすべての知性体にとって罠だということ。

「探せ！」集団の先頭に立ったシ＝イトがいった。「このがらくたのどこかに、あのシグナルを送ってきた発信源があるはず！　われわれはそれを見つけて無力化しなければならない。その発信源が未知の危険をおびきよせているのだ！」

かれはセト＝アポフィスのことをちらと考えたが、あの超越知性体は、テラナーの証言によればもはや存在しないはず。とすると、これはあらたな危険と考えるしかない。

全員で艦船の墓場に入っていった。がらくたのあいだに道がないため、ときどきは反重力装置を使用せざるをえない。シ＝イトはみずから探知を実行した。粉々になった円盤艦の周囲を迂回する。その艦にはブルー族帝国のエンブレムがついていた。エンブレムの色は風化して見分けがつかなかったが、シ＝イトは、これがたんに目の錯覚であり、べつの種族の宇宙船であってほしいと思った。

「寒い！」ユティフィがそういったが、シ＝イトは気にもせず、シリンダー形の丘ふたつのあいだに入りこんだ。艦長との連絡がとだえ、部下たちは不安になる。数分が経過すると、全員ふたたび一ヵ所に集まってくっついた。そのとき、粉々になった球型船のむきだしになった支柱のあいだからシ＝イトがあらわれた。

「わたしについてこい！」と、シ＝イト。「発信源がわかったぞ！」

かれらは動きだした。支柱の下の空間に、ためらいがちに足を踏み入れる。ユティフィがふたたび口にした。

「凍えそうに寒いわ！」

シ＝イトも寒さを感じ、胸の前にかけていた出撃用ベルトの表示を不機嫌に見た。宇宙服の暖房装置がすべて停止していたのでひどく驚いた。

「これ……は……」シ＝イトはそういいかけたが、かれの言葉は、同行者たちの騒然たる叫び声のなかに埋没しそうだった。不安な時が過ぎていく。とうとう全容がわかった。

「全員、そうなのか？」かれが愕然としてつぶやく。

「全員です！」と、答えが聞こえた。だれかの歯ががたがたと鳴った。

じっとしている場合ではない。見つけたばかりの発信源のことも、頭上高くたちのぼっている巨大なむらさき色の炎のことも、シ＝イトはもう念頭になかった。

「搭載艇にもどれ！」と、うめくようにいった。

あわててその場を立ち去る。反重力装置を使って、まるで木《こ》の葉《は》のように惑星表面から舞いあがると、搭載艇に駆けこみ、エアロック・ハッチを勢いよく閉める。冷えきった宇宙服を急いで脱いだ。暖房装置は依然としてとまっている。艇内の快適な暖かさにつつまれて、かれらはスタートした。

シ＝イトは《ユィルミュ・ヴァンタジイ》と短い交信をする。その後、搭載艇五機は、恒星のない宇宙空間へと上昇し、旗艦のなかに姿を消した。

シ＝イトは司令室に急行し、宇宙服を投げだす。

「退却だ！」と、命じたが、誇りがよみがえった。暖房装置がいくつか故障したからといって、本当に逃げだしていいのか？

シ＝イトは手をあげ、あらためて命令した。艦隊は未知惑星から半光時のポジションに撤退する一方、《ユィルミュ・ヴァンタジイ》は十光分のところで待機せよ、と。

「宇宙服はどうなってる？」かれはたずねた。どれも暖房装置は動いていない。技術者たちは欠陥を見つけることができなかったので、シ＝イトは新品の装置と交換させた。

「あそこは魔の世界だ」かれは考えを声に出し、あの数多くの艦船に乗っていた宙航士たちはどういうふうに死んでいったのだろうと、おびえながら考えた。艦船の墓場があるのは北極の平地で、その面積は五万平方キロメートルにおよんでいる。

「ラ＝グーファングがずっと話したがっています」ギュルガニイがいった。「ここに呼びましょうか？」

放心状態でうなずいたシ＝イトは、そのジェスチャーがすっかり板についている自分に気づいた。もうずいぶん長くテラナーの領域にとどまっているからだ。そろそろ、こんな悪癖はやめてもいいだろう。

ラ＝グーファングが入室し、よろよろとシ＝イトにもたれかかった。アルコールのにおいがする。立っていられそうもない。

「ありがとごじゃいます、艦長！」しどろもどろだ。「ご親切にどうも。ですが、赤い海の被造物のせいで気分が悪い。さいわい、われわれは最良の薬をたっぷり所持していますがね！」

「ツュイグリュイリイだな？」シ＝イトの語気が荒くなる。「飲みすぎだ！」

「キッチンが寒すぎるんで」舌たらずのしゃべり方だ。「それに、わたしは宴会でのこったものをすべてたいらげようと、あらゆる努力をしました！」

そこでようやくシ＝イトは自分が前にいった言葉を思いだし、愕然としながらラ＝グーファングを凝視した。料理長は妊娠中のラドロジェみたいな腹をして、ひっきりなしにげっぷをしている。

「どうしてキッチンが寒いんだ？」と、艦長が訊く。

ラ＝グーファングにはわからない。シ＝イトはかれにキッチンにもどれといい、なにか食べる物と温かい飲み物をいくつか用意するよう命じた。寒い。凍えるようだ。また同じことが起こったのか？

「ここもう暖かくありません」エリュファルがしばらくしていった。「ここの暖房装置も故障したのでしょうか？」

シ＝イトは技術者を二、三名派遣し、欠陥を調べさせた。技術者たちはしばらくしてもどってきて、暖房装置は動いているが暖かくならないと報告した。

シ＝イト自身も装置を見てみたが、やはりわからない。明晰な白い被造物にたのんだところで、なにも変化はなかった。まるで、なにものかによって暖かさが消されてしまったかのようだ。

そのとき、修理班のブルー族から報告が入った。宇宙服の暖房装置は故障していないという。だが、なぜか暖かくはならないと。

「宇宙の黒い被造物にかけて！」と、シ＝イト。「これでは凍えてしまう！」

艦の外縁セクターからはじめて通信が入った。そこでは、わずか数分で二十度以上、気温がさがったとのこと。奇妙な冷気は急速にひろがり、すぐさま艦内全体を襲った。外縁セクターではすでに霜と氷ができたため、乗員たちが司令室領域になだれこんできた。

「全員、宇宙服を着用せよ！」シ＝イトが命令。これまで未使用の暖房装置なら、とりあえずしばらくは持ちこたえられるのではないか。そう期待して、ガルファニイと連絡をとり、艦隊に非常事態宣言を出した。「《ユィルミュ・ヴァンタジイ》はさらに後退する。司令部にはいまから報告する。未知の敵が冷気という武器を使って攻撃しているものと想定せざるをえない！　敵の本拠はあの惑星にあるにちがいない！」

温度はさらに急降下し、旗艦内のブルー族は完全にとほうにくれた。ギュルガニイの操縦で《ユィルミュ・ヴァンタジイ》は十光時まで後退し、艦隊がそれにつづいた。だがその後、旗艦はエンジンが凍りついて動かなくなったので、航行を中止せざるをえなくなる。ロボットたちが艦を出て通信による映像を送ってきたが、これらもまた冷えきって作動停止し、ただの箱になってしまった。まるで、未知の力が熱と湿度を吸いとっているかのようだ。

「全員、司令室に集合せよ」と、シ＝イト。「われわれは退却する。だが、その前にやつを排除してからだ！」

「どういうことですか？」エリュファルは頭を深紅に染めて、たえず両手に息を吹きかけている。シ＝イトはかれに、手袋をはめてしっかり閉じるようにいった。宇宙服の暖房装置はまだ作動している。

「敵はあの惑星だ！」シ＝イトがいった。「冷気がこれ以上ひろまるなら、われわれはあれを殲滅しなければならない！」

その直後、宇宙服の暖房装置がとまった。ガルファニイから報告。

「搭載兵器の能力も制限されています。急いでください！」

「まだようすを見る」シ＝イトが決断した。「《ユィルミュ・ヴァンタジイ》は動けない。必要とあれば《トリュリト・ティルル》に曳航《えいこう》してもらう」

かれは冷気のために震えつつ、とほうにくれてあたりを見まわした。心のなかではすでに、最終的には退却するしかないと思っていた。

だが、それでいいのかも疑わしい。艦内になにが入りこんだかわからないのだ。それが銀河系までついてくるということもありえる。そんなリスクをおかすわけにはいかない。とはいえ、あの惑星が敵かどうかも確信はない。

そこで、もっとも危険性のすくない手を打つことにしたのだ。凍えながらようすを見ようと。

そのとき、人生でもっともだいじなことを思いつき、キッチンに声をかけた。

「ラ＝グーファング！　まだ歩ける状態なら、コックたちといっしょにツュイグリュイリイの貯蔵庫に行って、そこを開放しろ。温まる手段として、乗員全員、半リットル飲んでいいことにする！　おかわりも許す！」

かれ自身、力づけに一杯、なんとしても飲みたかった。メチルアルコールとバニリンからつくる甘い酒のことを考えると、よろこびが湧いてくる。それはブルー族のメタボリズムにのみ適している酒なのだ。乗員の胃がほとんど空《から》っぽだということを、このときシ＝イトはほとんど考えていなかった。

5

《アイアン・メイデン》とそれ以前のテラ級重巡洋艦との違いは、遠くから見ても明白だった。このスター級高速巡洋艦には赤道環もなければ、クモの脚のような多数の着陸脚もない。それらにかわるのが、艦体のすぐ下にある、数はすくないが直径の太い実用的な着陸支柱だ。また、いざというとき艦のバランスをとるために、以前は赤道環があったセクターに、反重力および重力ジェット・システムがいくつか組みこまれていた。

この巡洋艦の建造目的は、加速価を高め、操縦機能を改善し、航続距離を伸ばすことだった。エネルギー源としてはあらたにハイパー空間オープナーが用いられ、供給上の問題はなくなっている。小型宇宙船の分野では、それまでのシュヴァルツシルト反応炉の時代は終わり、貨物輸送分野でのあらたな需要が開けていた。まだ転送機接続が確立されていないところでの話だ。新型巡洋艦の航続距離は百五十万光年。アンドロメダまでは達しないが、宇宙駅を利用すれば隣接銀河までの航行が可能だった。

ヌンティオ・ゴウォルは、赤道環つきの古い巡洋艦で訓練を受けた。ヴィシュナの太陽系攻撃にそなえていたときだ。だから《アイアン・メイデン》の外観にはまだ慣れない。この巡洋艦はどこかむきだしな感じがする。赤道環がないので目立たないし、非力に見えるのだ。このモデルには四つのプロトタイプがある。輸送船、エクスプローラー船、戦闘艦、そしてツナミ艦。これはミニATGを装備しており、ペリー・ローダンひきいる銀河系船団の一翼をになっている。《アイアン・メイデン》は戦闘艦タイプだ。

ゴウォルは何度も考えた。この艦はいま、なんのために宇宙港にいるのだろう?

かれは下極エアロックから反重力シャフトに歩みより、三本の指でこめかみをはじいた。監視要員の男が目を細めて、かれのことをまるで幽霊でも見るように凝視したあと、にやりとし、それからもったいぶってこういった。

「おい、その顔つきはやめろ! そんなふうに仰々しくやってると、あっという間に大勢の敵をつくってしまう。それに、ギルディに見つかったら即座に拘禁されるぞ!」

若い士官候補生はその手をポケットに突っこむと、もう一方の手でシャフトをさししめした。そこに頭が見え、やがて胴体と脚があらわれて、女がひとり出てきた。ゆっくり回転すると、床に立つ。側転のかたちで出てきたわけだ。彼女は親しげに微笑しながら、男ふたりの横に立ちどまった。

ゴウォルは息を詰めた。最初、この女がアセンギルド・チェーン艦長だと本気で思ったからだ。艦長にはまだ会ったことがないし、この艦に配属されたときは人事担当者と話しただけだった。かれがしゃべろうとして口を開いたそのとき、監視要員の男がこういった。

「ハロー、デルジャ。テラニアを楽しんでこいよ。きみがこの艦を去るのは残念だ！」

「わたしは新しい任務につくのよ」女はうなずいてから、ゴウォルの前をこれ見よがしに通りすぎていった。若者はそのうしろ姿を無言で見送った。

「期待がはずれたな」監視要員がゴウォルにいった。「だが、まだ望みはある。司令室に連絡してみろ。きっとギルディはきみに会いたがるよ！」

ゴウォルは黙ってうなずき、シャフトに入った。センサーが作動し、上に行きたい者がいると判断して、フィールドが転極される。ゴウォルは司令室に向かって上昇していった。球型艦の中央に設置されているハイパー空間オープナーのセクションに行くには、反重力の方向を二度、転極しなければならない。案内標示を見ると、そのセクションに立ち入るには特別な許可が必要だとされている。

ゴウォルは家族のことを考えた。自分がこの数カ月、たいしたけがもなく生きのびたことを家族はよろこんでいる。だが、かれが考えているのは父親のことだった。父はいま、前衛騎兵をつとめている。もしアセンギルド・チェーン艦長が特別休暇をあたえてくれれば、ことによると二、三週間後には父に会えるかもしれない。むずかしくはないだろう。なぜなら、この艦はテラニアの宇宙港に着陸した状態で、ひまな乗員が寝泊まりしているだけだからだ。もっとも、科学技術専門学校の生徒たちがここで能力をためし、べつの場所で実験する予定にはなっているが。

「気をつけて！」大声がしたので、ゴウォルは次の出口でシャフトを出る準備をした。上から巨大な可動式コンピュータがおりてくる。操っているのは科学技術専門学校の女生徒ふたりだ。そのコンピュータを艦内のべつの場所に移動して、そこでなにかの研究をするのだろう。

ゴウォルはふたりの作業がすむまで待ってから、ふたたびシャフトを上向きに転極した。彼女たちになにをしているのかとはたずねなかったが、いずれわかるだろう。

点滅サインが出て、司令室に到着したことがわかった。かれはフィールドから〝泳ぎでる〟と、シャフト出口のところに立ちどまった。

外から見るかぎりでは、司令室内にいるのは四人だけ。艦載ポジトロニクスがスクリーンにうつしだす昔の記録を見ている。大昔の出来ごとらしい。ゴウォルはポジトロニクスのナレーションにしばし耳をかたむけた。その記録の一部は、卒業前に歴史の振替授業で聞いたおぼえがある。かれはグリーンのコンビネーションを着用した人々のほうにゆっくり近づいた。

背後からちいさな音とささやき声が聞こえる。だれか入ってきたらしい。ゴウォルはだれだか見ようと振り返りかけたところで、動きをとめた。

いきなり大音声《だいおんじょう》が降ってきたのだ。ゴウォルは本能的に手で耳を押さえた。野ばなしにされたライオンの群れのような声。いやな予感がする。

そのとき、ジュリアン・ティフラーの言葉を思いだして、振り返りかけた動作を最後までおこなった。信じられないという表情が顔に浮かぶ。

いまのはギルディのどなり声か？　アセンギルド・チェーン艦長の？

「まさか！」そううめいたとたん、突如、天からの贈り物のような静寂が訪れた。ヌンティオ・ゴウォルの前に、この艦の女艦長が立っていた。

＊

ブルとティフラーは三度の転送をこなした。五万光年の距離を超えてきたということ。最後のジャンプはもうすぐだ。

ブリーが転送機担当の技術者に合図を送る。送り出しフィールドが安定すると、きらめくアーチの向こうにプロフォス人のプラット・モントマノールがあらわれた。

もっと楽しい状況なら、ブリーはモントマノールに語りかけたいところだったが、黙ったまま手をさしのべただけだ。ＧＡＶÖＫフォーラムの議長が後方を指さしたので、かれのあとからふたりは転送機に入った。最後の三百二十一光年を翔破して、オルボン星系の第二惑星フロートから《ムトグマン・スセルプ》に向かう。そのポジションは謎につつまれていた。

宇宙船の鈍い銀色の外壁がふたりを迎え入れる。《ムトグマン・スセルプ》は直径二千五百メートルの球型船だ。恒星オルボン近傍、銀河系中枢部の一ポジションで相対的に静止している。地球からの距離は五万一千五百四十三光年。

「ようこそ」と、モントマノールがいった。過去二十八年、GAVÖKフォーラムの議長をつとめているこのプロフォス人は百二十一歳だ。「当フォーラムはあなたがたの来席を待っていました。あきれかえるような噂がたっていましてな。わたしの能力不足のため、いままで噂を一掃できずにいます。おふたりになんとかしていただきたい！」

ブルとティフラーがうなずく。ふたりはモントマノールのあとから宇宙船に入った。

議場はその中心部で、GAVÖKを構成する三百八十一の種族代表の席がある。

通廊が騒がしかったが、それはGAVÖKフォーラムが開催中という明白な印だ。三人の前を秘書ロボット数体が通る。アンティ、スプリンガー、ルディン人、ウニト人らが通廊の交差点に集まって激論を戦わせている。列席の代表者たちになにか共同提案をするつもりらしい。モントマノールが目に入り、その同行者ふたりがだれだかわかると、かれらは議論を中断し、ブルとティフラーをよろこんで迎えた。

「会議がもうすぐはじまります」モントマノールがふたりにそういって、ブリーに合図の視線を向けた。ブリーは手を組みあわせ、銀河系諸種族の代表者たちに伝えたいことを考える。いいたいのは問題の中身ではなく、それをどう解決するかだった。

「どう知らせたらいいものか」ずんぐりした男はため息をついた。モントマノールがもの問いたげな視線を送ってくる。議長は、なにが問題になっているかをすでに知っていた。ブルとティフラーがテラを出発したあと、ロワ・ダントンと短い会話をかわしたからだ。かれが詳細に情報を知らせてくれた。

「むずかしいことになりますね」ティフラーはブリーの気持ちがわかり、うなずいた。

「多くの者はこうした危険を想像できないでしょう！」

自分たちでさえ、本当には想像できない。なぜなら、無限アルマダを間近に見たことがないからだ。

巨大でみごとな装飾が施された議場入口が眼前にあらわれた。議場に入っていくさまざまな種族が長蛇の列をなしている。かれらはその列にくわわった。ゴングが通廊に響きわたり、会議開始を知らせる。とうとう、太陽系やそのほかの銀河系内での出来ごとについて、説明がなされるのだ。

モントマノールはテラナーふたりを、議場のなかでいちばん低いところに位置する演壇へと案内する。一方、諸種族の代表者たちは、すり鉢状に高くなった席へとあがっていった。古代の円形闘技場のようにつくられているのだ。ただし、演説者の背中側にあたるところだけは席がない。そこの大きな壁面にはスクリーンがあって、資料や伝達事項の表示に使われる。

モントマノールがマイクロフォンに近づき、静粛をもとめた。そのあいだに最後の代表者たちが議場に入り、着席する。

「どうか節度ある態度をお願いしたい！」モントマノールはそういいながら、会議が開始されたらどういう経過になるだろうかと考えていた。「まずは首席テラナーが、次いで、宇宙ハンザ代表が話をする！」

しずかになった。ティフラーがモントマノールと入れ替わり、マイクロフォンにゆっくり近づく。かれは原稿なしで自由に語った。ここ半年間の太陽系に関する近況を告げ、グレイの回廊とヴィシュナの七つの災いについて報告する。ヴィシュナが最終的にどのような状況になったか、どういうふうに地球と月を本来の位置にもどしたかを説明した。さらにそこから、いまは人類が使用しているヴィールス・インペリウムについて語り、それから導きだされる可能性に触れたあと、こういいそえた。

「わたしの言葉を誤解しないでいただきたい！　ヴィールス・インペリウムの助けを借りて銀河系における断固たる優位を得ようなどと考えている人類はひとりもいない。しかし、銀河系の一種族がこの巨大コンピュータを使用する必要があるような事態が迫っているのだ。近づきつつある危険を、すべての種族から遠ざけなければならない！」

参加者の関心度が突然、高まった。その危険はどういうものかという質問が、数名か

ら出されたのだ。ティフラーはおちついて演壇に手を置くと、

「あとのことはレジナルド・ブルが語る」と、答えて、ブリーにマイクロフォンを譲った。

ずんぐりしたハンザ・スポークスマンは重いからだを演壇にあずけると、指で壇の上を荒々しくたたきながらこういった。

「いいにくいことだが、時間が迫っている。われわれのところに、まもなく訪問者がくるのだ。多くの種族が銀河系のあらゆるところにやってくる。いずれは通りすぎるのだが、その後も銀河系がいまと同じ状態をたもてるように、われわれはあらゆる努力をしなければならん！　諸君は知っているだろうが、ペリー・ローダンが現在M－82にいて、宇宙に関する諸問題ととりくんでいる。かれはいつかそれらを解決するだろうが、それでもわれわれ、この訪問者たちに対して心がまえをする必要がある。それはあすかもしれないし、一週間後、あるいは一カ月後、半年後かもしれない！　われわれは総力を動員しなければならん。さもないと、カオス……」

「いったい、なんの話です？」新アルコン人の代表が質問した。「なぜ、いつまでも核心に触れないのですか？」

「無限アルマダに関わる話なのだ」ブリーが小声でいった。「諸君も知っているように、コスモクラートのタウレクがいま地球にいる。かれの発言も一部は知っているだろう。

タウレクがいうには、M‐82での一件が解決したらすぐに、無限アルマダが銀河系を横断するそうだ！」

無限アルマダが数億、数十億という艦船からなりたっていることは、GAVÖKフォーラムの参加者ならだれもが知っていた。冷たい沈黙がしばらく議場を支配する。ブリーは突如、凍りついた。ティフラーを横目で見ると、かれも同じことを考えているのは明白だった。顔がこわばって仮面のようになっている。

状況の危険性を認識したモントマノールは、ブリーに横にずれてもらって、マイクロフォンに向かって語りかけた。だが、かれの言葉は参加者の喧噪《けんそう》にかき消されてしまう。参加者の大半は立ちあがり、たがいにはげしくしゃべっていた。議場は騒然となり、いまにも暴動が起きそうだ。

ブリーは肩を落とした。

「こんなことをしていても無意味だ。かれらがおちつくには数日、あるいは数週間かかるだろう！」

かれは、大波のようにうねっている参加者たちを凝視した。だが、たった一名、すわったままの者がいる。奇妙なかたちのロボットだ。頭にはグリーンのランプふたつが点滅している。

ポスビの代表だ！　ポスビはGAVÖKフォーラムの常任議員だが正会員ではない。

採決のときには投票権がないのだ。だから、どういう結論になってもかまわないのかもしれない。

そのロボットが立ちあがった。四本のアームでテーブルをたたいて、

「みんな、おちついてハンザ・スポークスマンの話を聞こうではありませんか！」と、金属音のような声でいう。その音量は場の騒音を何倍も上まわっていた。議場はしだいにしずかになり、会話と叫びはとりあえず、つぶやきにトーンダウンした。

ブリーはロボットの首に抱きつきたいほどだった。かれはマイクロフォンに口を近づけ、こう叫んだ。

「諸君がなにを考えているか、わたしにはわかる。無限アルマダが横断するようなことになれば、混乱と悲劇がもたらされると思うのだな。はたして平和目的なのかどうか、おおいに疑っているのだろう。想像を絶する数の艦船だから、とても平和目的とは思えない、たとえ攻撃の意思がなくても、多くの星系がこれによって滅亡するかもしれない、と！」ここでかれは両手をあげた。「しかし、そうしたことは起こらない！　そのようなことのないよう上位存在が配慮すると、タウレクが保証しているのだ。諸種族がパニックにおちいったり、とりかえしのつかないミスをおかしたりしないよう、そう説明する必要がある。それこそがGAVÖKの使命だ！」

天井にいちばん近い最後部の席から、ふたたび騒ぎが持ちあがった。数名のブルー族

が動きを見せ、興奮してしゃべり、ほかの代表たちを説得している。

「シュイルゴグリュが発言をもとめます！」ブルー族がいった。「わが種族の艦隊がいま、救難信号を送ってきました。銀河系外縁部から五千光年のポジションに新来の一惑星を発見したとのこと。そこにあるはずのシグナル発信源を探している最中に、未知勢力から攻撃を受けたというのです！」

「ゴルゲンゴルだ！」ブリーがかすれ声でいった。「それはゴルゲンゴルといって、コスモクラートが設計した世界だ。だが、タウレクによって機能停止されたはず。そこが危険の発信源だとは考えられん！」

「わたしの言葉を信じないんですか？」ブルー族がけたたましいインターコスモで怒りを浴びせた。

ブリーがかれをなだめる。

「タウレクから情報がくるかもしれない。かれはゴルゲンゴルに関連することをすべて知っている。ゴルゲンゴルや、まして無限アルマダに関して、なにか問題が発生するとは信じられない！」

「わたしはコスモクラートやそのほかの権威の重要性を疑うつもりはありません」シュイルゴグリュがいった。「ですが、コスモクラートがわれわれブルー族のことを理解し考慮に入れているという確信はないのです！」

ブリーはみじめな気持ちになった。もしグッキーのようにテレポーテーション能力を持っていたら、いますぐ消えてしまいたい。想像を絶するほど遠くにいるグッキーに、ここへきてもらいたかった。

「われわれにも確証はない」かれは弱々しく答えた。「コスモクラートの言葉およびタウレクや貴重なヒントをあたえてくれた〝それ〟のリーダーシップを信じるしかないのだ。銀河系の住民にすこしでも危害がくわえられれば、〝それ〟がほうっておかないだろう。ゴルゲンゴルは無限アルマダにとって標識灯の役割をはたしているし、宇宙の巨大コンピュータであるヴィールス・インペリウムがあれば、艦船の大群をぶじに横断させることができる！　わたしはそれがいいたかったのだ！」

ブリーの顔は紅潮していた。ハンカチをとりだして額の汗をぬぐう。

「ブラヴォ、でぶ」ティフラーがブリーの耳もとでささやいた。「あっぱれです！」

モントマノールがブリーの手を握り、かれとティフラーのふたりに座席をふたつあてがって会議の進行役をひきついだ。ブルとティフラーは何度も質問に答えざるをえなかったが、最後には会議参加者全員が納得したようだった。

議案は採決された。参加者の過半数が、テラナーおよび宇宙ハンザと協力して難題を解決するしかないと確信した。

再度ブリーはマイクロフォンに近づいた。

「ゴルゲンゴルについては、今後LFTおよび宇宙ハンザがとりくむ」と、約束した。かれがポスビの代表者に合図すると、ロボットはそれに応えた。

ブルとティフラーは帰途についた。合計六時間のあいだ議場にいたふたりは、可及的すみやかに転送機で地球にもどる。受け入れステーションからハンザ司令部に入ると、即座に作業をはじめた。

「タウレクを呼ばなければ！」ブリーが息をはずませながらいった。「《シゼル》でゴルゲンゴルに向かうぞ！」

ロワ・ダントンがやってきて、ブリーの肩をたたき、こういった。

「まずは休養してください。あなたはとてもお疲れのようだ。それに、タウレクはヴィシュナとエラートといっしょに、未知の目的地に向けて出発しましたよ。もちろん《シゼル》に乗って！」

「なんたること！」ブリーがティフラーのほうを向いた。「われわれはここで手をこまねいているのか？」

首席テラナーはGAVÖKフォーラムでの審議についてロワに簡潔に報告し、しまいにこういった。

「送信機だ！　タウレクがゴルゲンゴルに置いてきた送信機！　かれの目的地がわかったぞ！」

ティフラーは一端末に急行し、いくつかの記憶バンクに問いあわせると、「《アイアン・メイデン》が宇宙港にいます！」と、いった。「乗員は退屈しているらしい。あれは新型のスター級です！」「では、出発するとしよう！」ブリーが大声をあげた。「ティフ、転送機を使うぞ！タウレクに遅れをとったら話にならんからな！」

そういいながら、おもしろい冗談をいったかのようににやりとした。《シゼル》が従来の宇宙船より格段にすぐれていることは、もちろんかれも知っている。

「《アイアン・メイデン》……鉄の乙女か。勇ましい。名前負けじゃなければいいが」ブリーがそういったのは、ふたりが転送機経由でスター級巡洋艦に乗りこみ、地球から飛びたったときのこと。

「まったくですな！」こんどはティフラーがにやりとした。「だが、艦長はアセンギルド・チェーンですよ！」

「ギルディだと？　勘弁してくれ！」

「でしょう？　あなたは大音声《だいおんじょう》に弱いですからね！」

6

エルンスト・エラートは《シゼル》に乗るたびに、ライレの〝目〟の力を思いだす。コスモクラートのタウレクが操縦するこのパイプ形宇宙船は、絶対移動の原理で駆動するのだ。瞬間的に宇宙空間から消え、同時に目的地に到達する。距離などまったく関係ない。

今回も同じだった。下に見える地球の青い球体に感動したかと思うと、たちまちその光景は消え、バリアを通して見えるのは不気味な連続体のはてしない暗闇だけになる。するとと同時に、銀河系のあらゆる星々が集まってまぶしいほどに光るようすが上にも横にも見えた。前方には空虚な銀河間空間、遠くには乳白色の点がいくつかある。そのなかではアンドロメダが最大だった。

エラートはタウレクの手が操縦ピラミッドの上をはしるのを見ていた。タウレクはおちつきなく動き、ヴィシュナのほうを向いてこういった。

「手伝ってくれ。機体の調子がおかしい！」

ヴィシュナがかれの横にきて、操縦ピラミッド上で光っている数ヵ所に触れる。《シゼル》が揺れ、エラートは周囲のどこかにつかまろうとした。

タウレクとヴィシュナは原因を探ろうと、《シゼル》の全システムを調べている。しばらくしてタウレクが手をあげ、

「もう一度やりなおそう！」と、いった。《シゼル》は即座にいままでのポジションから消え、銀河系中枢部のどこかにふたたび姿をあらわした。

「なにかが航行に影響しているの」ヴィシュナがエラートのほうを向く。「それがなにか、わからないけど」

エラートがうなずく。なにかが影響をあたえているとすれば、それは強力な危険物体だと推測される。通常なら《シゼル》は時空内のあらゆる現象に対応できるはずだからだ。パイプ船のパワーは多面的であり、テラナーの目には無限大に思えた。

《シゼル》はふたたび姿を消し、またしても銀河系外縁部で物質化した。最初と同じポジションにもどったことがエラートにもわかった。見ると、タウレクがおちつきを失っている。衣服はたえずかさこそ音をたてている。ごく短時間、かれの両の手のひらが操縦ピラミッドの二ヵ所の上を動いた。

なにも起きない。光も見えないし、なんの動きも感じない。《シゼル》は微動だにせず宇宙のなかを漂っている。

「あれを！」ヴィシュナがふいに大声をあげた。「あのちいさなゾーンがたえず膨張している！」

透明ドームの下のほうでなにかがあらわれるのが、エラートにも見えた。グリーンの微光を発している天体……ゴルゲンゴルだ。影のような斑点がいくつか、その表面をおおっている。ゴルゲンゴルになにが起こっているのか？

「あれは、探知では穴のように見える！」と、ヴィシュナ。「インパルスの一部がとどいていないわ。タウレクの送信機が発する通信シグナルの一部も吸収されている！」

「ゴルゲンゴルは機能停止している」タウレクがいった。「活性化しているのは炎だけだ。この現象が〝さまよう口〟やコンピュータ知性の残滓《ざんし》の影響だとは考えられない！」

「どちらでもないとすると、外からの危機か？」エラートが訊いた。

「探ってみましょう」と、ヴィシュナ。「虚無ゾーンがどこにあるかはわかったから、それを迂回してゴルゲンゴルに注意深く接近するのよ！」

ヴィシュナは再度、操縦ピラミッドを操作しようとしたが、タウレクに阻《はば》まれた。タウレクはすべての装置のスイッチを切って鞍状シートにすわり、こう語った。

「前方のあそこには、温度の異なるゾーンがいくつかある。あれがわれわれの装置の一部に影響をあたえているんだ！」

エラートははっとしたが、ヴィシュナは反論した。

「それはありえないわ。《シゼル》はこの連続体のあらゆる現象よりまさっているんだから！」

「そのとおりだが、絶対零度以下となると話は違ってくる！」

エラートはぴくりとした。操縦席に近づき、タウレクを凝視する。タウレクの黄色い目がきらめき、真剣さと陽気さのまじった顔でメタモルファーをじっと見た。そばかすのあるタウレクの顔を赤錆《あかさび》色の短髪がとりまき、透明ドームの光のもとで仮面のように見える。

「なにを考えている？」タウレクがエラートに訊く。

「時間塔で体験したことを」エラートがかすれ声で答える。「あそこでも、われわれの存在を消しそうになったのは冷気だった！」

かれは、石の夜間灯が口にした言葉をくりかえした。いま探知しているものこそ、友がいった近未来からの危険にちがいない。

「それがすべてを破壊してしまうかもしれない」と、かれはいいそえた。

「危険な敵ね！」ヴィシュナがそういってうなずいた。

ささやき服がまたしても音をたてはじめる。微動だにせず耳をかたむけていたタウレクに、活気が出てきた。《シゼル》のシステムを動かし、ふたたび無限の宇宙をこえてゴルゲンゴルに近よるつもりだ。

またしても《シゼル》が揺れる。こんどは絶え間なくつづき、前よりはげしい。エラートは操縦席につかまった。タウレクの両腕のあいだから、バランスを失いかけているヴィシュナの姿が見える。

「身がまえろ！」タウレクの声は甲高く、いつもと違った響きがあった。「一瞬だが透明ドームのエネルギーを切らなければならない。バリアはそのままにする！」

その直後、機内の温度が二十度以上さがった。エラートの歯は自然にがたがた鳴りだすが、新しいからだのおかげで冷気はどうということはない。またしても、自分の意識が宿っている無数のヴィールスの優秀さに驚嘆した。そのとき《シゼル》がふたたび揺れ、かれは舌を嚙みそうになった。

膝をついて体勢をたてなおそうとしたとき、星々がふたたび見えるようになった。《シゼル》はゆっくりと、あたかも乗員をおちつかせるように横揺れする。透明ドームが出現し、それとともに暖かさがもどってきた。

一瞬、防御バリアに放電がはしる。エラートは、透明ドームの内壁にさまざまな顔が見えたような気がした。人類のものではなく、銀河系の一種族の顔だ。気が動転したかれは思わず、死者の霊魂かと考えた。

「あれはなんだろう？」エラートがタウレクのほうを向いていったそのとき、顔の印象は消えた。タウレクは頭をエラートのほうに向け、人間のように肩をすくめた。

「ゴルゲンゴルをあの状態にしたのはわれわれだ」と、コスモクラート。「いまは目視できるようになった。だが、それ以上のことはできない。危険ゾーンはわれわれの周囲のどこにでもあるが、それがいまひとつのフィールドにまとまったのだ。用心しなければ！」


エラートが外に目を向ける。はるか遠くで微光を発しているちいさな球体がゴルゲンゴルだ。不活性フィールドが凝固したもの。その上空には、巨大なアルマダ炎がむらさき色を帯びて漂っている。

「われわれの周囲で死が待ちぶせしているのだな」と、エラート。「操縦ピラミッドが点滅している。なんだろう？」


タウレクは口もとを憂鬱そうにゆがめ、こういった。

「通信が入った。われわれがここにきたのがわかったらしい。こっちのほうが急務だ。当面はゴルゲンゴルの送信機にかまっていられないな」この不都合なときに、と、いいたげなようすが見てとれる。

「救難信号か！」エラートがいった。「どこから？」

「ブルー族の円盤艦、五十隻の部隊よ！」と、ヴィシュナの声。「どうしようもない状況らしいわ！」

未知の世界がひろがっている。シ＝イトが艦隊指揮官として撤退命令を出したので、二百三十隻のうち百八十隻は五十光年はなれたところに退却ずみだ。のこる五十隻の円盤艦は、宇宙空間で三つの部隊にまとまり、梯形《ていけい》フォーメーションをなしている。

ガルファニイは指示どおり、艦隊を危険領域から遠ざけていた。いまはシ＝イトがやってくるのを待っている。

＊

シ＝イトは震えながら艦長席にすわった。宇宙服のヘルメットはとうに閉めている。それを開くのは、急いでツュイグリュイリイを飲むときだけ。赤い海の被造物にかけて、状況は悪い。この強いアルコールがなかったら、なにもできなかっただろう。

シ＝イトはくよくよ考え、記憶を探った。いままでにこういう事態の話を聞いたり読んだりしたことがあるか？　いや、一度もない。

スクリーンが明るくなったが、ちらついている。発電ステーションが被害を受けているのだ。非常用電源に切り替えざるをえなくなるまで、あと数分しかないだろう。

「冷気ゾーンはまだ拡大しているか？」シ＝イトは、ガルファニイの頭が見えると、力なくたずねた。ガルファニイは、どうしようもないとばかりに手のひらを見せ、端末の一ボタンを操作して、最新の測定データをシ＝イトに転送する。シ＝イトがそれをちらと見たとき、データが消えた。予想どおりだ。

「われわれのコンピュータは、もはやデータを蓄積できないな」と、シ＝イトがいう。

「艦を冷気ゾーンからもっとはなすのだ！」

ガルファニイがいくつか計算し、

「手遅れです」と、答えた。声がひずんでいる。単語や文も、いくつか聞こえなくなってきた。「《トリュリト・ティルル》自体がエネルギー問題をかかえています。まだ深刻ではないですが、退却するときまではもたないでしょう！　そろそろ、乗員たちの避難について考えてください！」

シ＝イトは考えようとしなかった。かれにとってそれは逃亡に等しかった。敵の位置はまだ不明だが、近々発見できるだろう。《ユィルミュ・ヴァンタジイ》のほかに、旗艦のすぐ近くにいる三隻が探知にとりくんでいる。シ＝イトは敵の位置がじきに見つかるのを祈った。

冷気はまるで伝染病のようだった。艦内に忍びこんで、あらゆるものを通りぬけ、すべての金属部分、合成物質、有機物のなかに入りこむ。さらには、どんな暖房装置からも熱を、どんな発電機からもエネルギーを、容赦なく奪ってしまった。そのうち死神も連れてくるだろうとシ＝イトは思っていた。

危険の存在がわかったいまとなっては、死者が出ないよう全力を投入する必要がある。

「通信を確立せよ」と、シ＝イト。

「了解」と、シ＝イト。外界につながる通信機は、もうひとつしかない。

ガルファニイ。「そちらのコンピュータがもう使えなくなるときのために、あらゆる測定データをスクリーンに表示します！」

ガルファニイの頭が見えなくなり、スクリーンのその場所に数字の列がうつしだされた。最初こそシ＝イトはそこから目をはなさなかったが、何度もくりかえされるものだから、時間がたつにつれて眠気に襲われはじめた。どの値《あた》いも同じだが、冷気ゾーンのひろがりをしめす数字だけは上昇している。

その直後、スクリーンが暗転し、《ユィルミュ・ヴァンタジイ》内の照明が消えた。

シ＝イトは前にかがんで非常スイッチに触れた。二、三のランプが光りだし、司令室内がぼんやりと照らされた。シ＝イトはさらに眠くなり、無気力になっていく。冷気のせいだ。横に置いておいたツュイグリュイリイの缶をつかみ、ヘルメットを開けて中身をあおった。深呼吸する。アルコールのおかげで問題をすべて忘れることができた。目がいつのまにか閉じて、ひとつのことだけを考えていた……すべて忘れようということだけを。

＊

システム警報！

シ＝イトはどきりとした。シートの背もたれに沈んでいた頭をもたげて、状況を把握しようとする。視界がゆっくり開けてきた。手足が震えている。冷蔵庫内にいるみたいな感じだ。

艦が危険な状態にある！

そう考え、かれはシートから跳びあがったが、千鳥足で一コンソールにもたれた。コンソールの上がかすかに光っているが、それがなんの意味かわからない。

「ギュルガニィ！」と、うめく。

主任操縦士がかれのほうを振り向いた。

「陰険な青い被造物にかけて、この機能不全の艦を去るべきときです！　これ以上ここにいてもなんにもなりません！」

シ＝イトは同意した。そのとおりだ。ひたすら逃げるしかない！

自分はすぐれた艦長だった。最後の最後までがんばりぬき、危機に屈しなかった。たしかに、奇妙な冷気の原因を確認できなかったのは事実だ。この現象があらわれてすぐに……あるいは、いままでも……被害を受けていない艦を数隻呼びよせて、謎の惑星を殲滅するよう命じることもできたかもしれない。だが、そんなことはしたくなかった。それで危険を回避できるかどうかもわからないのに破壊行為に出るなど、宙航士にしてみれば沽券に関わるからだ。

グリーンに輝いている惑星からのシグナルは再三とどいているが、《ユィルミュ・ヴァンタジイ》の測定機器はもうそれを感知できない。機能停止しているのだ。《トリュリト・ティルル》からの転送データはスクリーン上にまだ明滅していたが、画質はしだいに落ちてきていた。

「グリーンの砂の被造物にかけて」と、シ＝イトは小声で嘆いた。「どうして運命はわれわれにこんなにつらく当たるのか。じつに不当だ。ブルー艦のなかでも珠玉の《ユィルミュ・ヴァンタジイ》を放棄しなければならないとは！」

それから、ガルファニイの顔がうつっているスクリーンに向かってこういった。

「冷気の発信源を探知している三隻につないでくれ」

三隻の艦長がシ＝イトに状況を報告してきた。シ＝イトはこう答えた。

「もういい。艦を出るのだ。ガルファニイが牽引ビームで誘導する！」

シ＝イトはギュルガニイ、ユルリイ、ユティフィのほか、その場にいた全員に向かって指示を出した。かれらは出口に集合した。

全員で長い列をつくり、持ち場をはなれて大型格納庫エアロックに向かうと、そこで《トリュリト・ティルル》の牽引ビームを待った。あちこちの通廊からブルー族がシ＝イトに同行したので、格納庫はあっという間に満杯になる。ほどなく、全乗員が集まった。ギュルガニイがエアロック・ハッチの開閉メカニズムを操作する。

反応なし。

ブルー族はパニック状態になった。そこへ一コンピュータ・ユニットの金属的な声が響き、こう説明した。《トリュリト・ティルル》の艦載ポジトロニクスに連絡したところ、ブルー族全員が集まらないとハッチが開かないというのだ。

シ＝イトはそこらじゅうを駆けまわった。

「きていないのはだれだ？　だれにもわからないのか？」

ラ＝グーファングと数名のコックがいないことが判明。

シ＝イトみずから、かれらを探すことにした。臨時の捜索隊を十名引き連れて、短い脚が動くかぎりの大急ぎで艦内にもどる。

このあいだに《ユィルミュ・ヴァンタジイ》内では冷気の影響がいっそう目立っていた。壁という壁はクリスタルのようになり、その表面に細かなひび割れが生じている。どこかできしむ音がして、細かな金属粉が床に落ちた。

シ＝イトはあえぎはじめた。同行者たちのことも急がせる。かれらの状態など考えもしない。それどころか、急げば冷えきったからだがすこしは温まるかと思っていた。

とうとう、コックたちが見つかった。レンジ室にすわって、大きな深皿に入れたツュイグリュイリイをがぶ飲みしている。だれが入ってきたかなど、まったく気にしていない。ラ＝グーファングがなにかしゃべりはじめると、シ＝イトはかれの深皿をとりあげ、その宇宙服に酒をぶちまけた。

「シュイ……シュリュイリイ」ラ＝グーファングはろれつのまわらぬ口で話しながら、せめて片目だけでも開けようとがんばっている。「くそ……わたひの……グリュイリイはどこだ？」

シ＝イトはほかにどうしようもなかったので、ラ＝グーファングのうしろ側の両目のあいだにこぶしをお見舞いした。鈍い音がして料理長が倒れこむと、すぐさま同行者ふたりに合図を送る。ふたりはラ＝グーファングのからだをかかえて室外に連れだした。動こうとしないほかの泥酔者たちも、同じようにする。そのひとりが、まわらぬ口で息巻いた。

「ひっく。シュリ＝イト艦長、どういうことでしゅ？　青い青い被造物にかけて！」

コックたちを格納庫に連れていくと、シ＝イトは最終命令をくだした。こんどはコンピュータは反抗せずにエアロックを開いた。たちまち、ブルー族は牽引ビームによって《ヴィルミュ・ヴァンタジイ》から引きずりだされ、虫の群れのように宇宙の暗闇を漂った。はるか彼方に《トリュリト・ティルル》のポジション・ライトが、はげますように光っている。

宇宙服に装備された送信機は、ずいぶん前から機能しなくなっていた。シ＝イトはだれにも連絡をとったり指示を出したりすることができない。集団のなかのひとりとなったかれは、ときどき振り向いて自艦を見た。

艦体はまだ明るいブルーに塗られたままだった。超越知性体〝それ〟が派遣した画家が勝手に塗った色。

シ＝イトはため息に相当するブルー族のしぐさをした。青は自分たちに不幸をもたらす色だ。太陽系から帰還したあとに休暇を願いでることができなかったのが、いまいましい。そうできていれば、艦を失うことも、そのほかさまざまな災難もなかったのに。もうとりかえしがつかない。どういう結果になるにせよ、宿命にしたがい、真実の白い被造物に祈るだけだ。この冷気の罠から抜けだす方法を教えてくれ、と。

明るい光点が前方に見えたと思ったら、宇宙船の開口部だった。ついに《トリュリト・ティルル》に到着したのだ。

かれらは格納庫のなかに漂うように入っていく。そこには搭載艇はまったくなかった。ガルファニイがかたづけさせたのだ。スピーカーから声が響いてきたので、空気があるのだとシ＝イトにはわかった。ちいさなエネルギー・フィールドが格納庫内にあって、真空と空気のある場所とを分けているのだろう。それはガルファニイの声だった。格納庫後部に向かって進み、できるだけそこにかたまるようにと指示している。

全員からだがこわばり、ぎこちない動きだったが、その言葉にしたがった。すぐさま、後部に集まる理由がわかった。その後、ほかのブルー族集団が格納庫エアロックに漂着し、牽引フィールドによって床にすわらされたのだ。《グリシュウ・トラフェイ》の乗員だった。ほかの二隻の乗員もやってきた。

それからようやく大きな格納庫ハッチが閉じられ、ひろい空間に空気が満たされた。「シ＝イト指揮官、司令室へ！」絶叫が聞こえた。「お知らせします、艦隊指揮官シ＝イトは即座に司令室へ！」

シ＝イトは、酔っぱらったラ＝グーファングへ最後に軽蔑の視線を向けた。料理長は宇宙服姿で床に横たわって眠りこんでいる。もういいかげん、この危険ゾーンから去るべきときだ。ラ＝グーファングをはじめ、酔ったコックたちをすぐになんとかしないと、眠っているあいだに凍死してしまう。

シ＝イトが《トリュリト・ティルル》の司令室に足を踏み入れたとき、ガルファニイは興奮していた。

「ひっきりなしに救難信号を送っているんですが、応答なしです。百八十隻の艦もさらに後退させなければなりません。いま、ガタスに通信をつなごうとしています。どうすればいいのですが！」

「どうした？」と、シ＝イト。「なにが起こったんだ？」

ガルファニイの説明を聞いて、シ＝イトの頸は蒼白になった。かれの皿頭は危険なほどあちこちに揺れ、ぐらぐらするたびに頸が折れてしまいそうな感じだ。

冷気ゾーンが膨張している。いきなり拡大して、パワーを増していた。この冷気に捕まると、瞬時にして駆動装置が凍結してしまう。五十隻の艦のうち、まともに動けるのは一隻もない。

「そんな……」と、シ＝イト。「《トリュリト・ティルル》はどのくらいの速度で航行できる？」

「これ以上は無理です」と、ガルファニィが答える。「最後のエネルギーは牽引ビームに使いきりました。タンクはもう空です！」

シ＝イトはふいに冷気を感じて身震いした。もう動けないような感じがして、ツュイグリュイリイの入ったカップを目で探す。ひとつ見つかったので、急いでヘルメットを開き、頸の付け根にある口にたっぷり流しこんでから、また閉めた。

「策はないのか？」かれの声が甲高くなる。

「こちらの要請どおり救援艦隊がくれば助かります。ですが、急いで行動してもらわなければなりませんし、わたしたちの艦を連れ帰るのまでは無理でしょう！」

シ＝イトは憂鬱な顔でうなずいた。

冷気の影響は核火災に似ていた。狙われたらもう逃げられない。すべてに浸透して影響をおよぼし、最後は解体してしまう。冷気フィールドから逃げ去ることなど不可能だ。

「ツュイグリュイリイを！」と、シ＝イト。「あとどのくらいのこっている？」

ガルファニイは〝もうありありません〟と、ジェスチャーで伝えた。この瞬間、彼女の宇宙服の通信機が動かなくなったのだ。こうなったら、あとは救難信号にたよるしかない！

＊

《シゼル》は五十隻の艦を光学探知でとらえていた。ブルー族の円盤艦隊までの距離は一光時ほど。しかし、そこには奇妙な現象も見られる。タウレクはそれを〝冷気のバルーン〟と名づけた。かれがなにをいいたいのか、エラートは理解した。なんらかの現象が宇宙空間で膨張しつづけているということだ。

ヴィシュナはタウレクの横をはなれ、制御プラットフォームのはしに移動した。そこからならゴルゲンゴルや遭難しているブルー族がよく見えるのだろうか。彼女は透明ドームの縁に沿って動いている。そのときエラートは、ヴィシュナが昔のマッチ箱の半分ほどのちいさな箱を手に持って、腕を振りまわしているのを見た。まるで、その箱をドームにこすりつけているみたいだ。

しばらくして彼女はタウレクのところにもどってきて、片手を伸ばした。

小箱が消えている。あっという間に《シゼル》の操縦ピラミッドと一体化したようで、エラートにはどういうことか、わからなかった。かれはタウレクに近づき、コスモクラートがまた機体のポジションを変えるようすを見守った。《シゼル》はいま、ブルー艦が漂っている外縁部の近くにいた。

「駆動装置をやられたな」タウレクがつぶやく。「かれらはもう航行できない。救援がくるまで待つしかない！」

「ゴルゲンゴルのすぐ近くにいる艦四隻は赤外線を放射していないわ」と、ヴィシュナ。「きっと宇宙空間みたいに冷えきっているのね！」

「乗員はどうなる？」エラートが声を絞りだす。「かれらを救えないのか？」

「あの四隻にはもう乗員はいない」タウレクが、操縦ピラミッドに投影された自転するちいさな球体をちらりと見たあとに答えた。「だが、べつの一隻の艦にいる乗員の数は、ほかのどの艦よりはるかに多い！」

エラートは深く息をついた。つまり、冷気に襲われた艦の乗員たちは安全を確保できたのだ。しかし、どうやらそれは見せかけの安全だろう。これまでのところ、救難信号への応答はないようだからだ。

「連絡を！」と、エラート。「われわれがここにいることを伝えなければ！」

ヴィシュナがわかったというようにうなずき、タウレクは通信をつないだ。すぐに制御プラットフォーム上の透明ドームの一部が三次元スクリーンになり、そこにブルー艦の内部がうつった。機器類や端末から判断すると、司令室のようだ。

ブルー族の頭と頸、それに上半身の一部が見えた。

「こちら、艦隊指揮官のシ＝イトだ。この艦はガタス艦隊所属の《トリュリト・ティルル》」と、ブルー族がいう。「やっとだれかが救難信号に応答してくれた。そちらの現在ポジションはどこか、テラナー？」

エラートはその言葉を聞いて、相手のスクリーン上に自分たちの姿がうつっているのだとわかった。すくなくとも、タウレクの姿は。

「きみの艦隊のすぐ近くだ」と、タウレク。「いま、そちらの通信システムにエネルギーを送っている。きみたちが受信できるように！」

シ＝イトの頭がふいに興奮で揺れだした。皿頭が揺れないようにするために、手でおさえている。

「明晰な白い被造物にかけて！」と、さえずった。「あなたがだれか、いまわかりました。ひとつ目のタウレクですな！」

いたずらっぽい笑いがタウレクの唇から漏れる。ブルー族に向かって笑いかけるが、シ＝イトには相手と打ち解けている時間はない。発話口をゆがめ、頭を胴体近くまでさげた。その頸はまるでしわのよった管みたいに見える。

「助けていただきたい、タウレク！　すぐに救援がこなければ、もうどうしようもありません！　自分たちの艦隊との連絡もとれないのです。凍結プロセスが進んでいまして。

われわれ、罠にはまってしまいました！」

タウレクの顔が暗くなった。ふたたびかれの目が、操縦ピラミッドに表示されているあらゆるデータのほうに向く。そのときエラートは、テレパシー性コンタクトのようなものを感じた。相手はヴィシュナでも、タウレクでもない。

《シゼル》か！　エラートはそう思った。《シゼル》がコンタクトしているのだ。

「報告を！」タウレクがふいにブルー族にもとめる。「なにが起こったのか、詳細を話してくれ。最初から！」

シ＝イトは猛烈な勢いでしゃべった。シグナルを受信したのち、惑星を発見したこと。そこへの着陸を試みたことや、暖房装置の故障について、細かな点までをすべて話した。いいのこしたことなど、なにもなかった。指揮官代理のガルファニイとかわした通信の最重要個所についても述べた。

エラートは気づいた。自分の思い違いでなければ、ブルー族の話を聞くにつれて、タウレクとヴィシュナがおちつきをなくしはじめたようだが？　ヴィシュナはいらいらして足踏みしてはいないか？　タウレクは恐怖をおぼえたかのように、髪を逆立ててはいないか？

「そこまで！」と、タウレクが大声を出した。「つづきはあとだ、シ＝イト。また連絡する！」

「どうか見捨てないでください」シ＝イトが急いでそういったあと、すぐに画面から姿が消えた。

タウレクがうろうろしはじめたので、エラートは驚いた。ヴィシュナもあわてて動いたものの、すぐさまどうしようもないといった身ぶりをする。

「どうした？」エラートが暗い声で訊いた。いやな予感がする。「ふたりとも、すでにこの現象を知っていたのか？」

タウレクは目をそらした。ヴィシュナを見つめ、手のひらを合わせてつぶやく。

「恐るべきことだ。だれもこうなるとは思っていなかった。だが、石の夜間灯の時間塔でのきみたちの体験からすれば、こうした事態は予想できたはず。いまやっと状況がわかったが、だからといって危険はちいさくならない。対処しようのない事態だ！」

エラートの顔は緊張のあまり熱を帯びた。なんの話なのか、タウレクが語りはじめるのを待つ。いったい、この冷気はなんなのか？

「ゴルゲンゴルの炎の標識灯は、これまで混沌の勢力に気づかれずにすんでいた」と、ヴィシュナ。「ところがいま、かれらは無限アルマダが銀河系にやってくると知ったのね。それで、総力を結集して妨害しようとしている。冷気はかれらの武器のひとつ！」

タウレクは操縦ピラミッド前のシートにうずくまった。沈みこんでいるようだ。エラートはこの異人にとても親しみを感じるようになっていたので、たちまち同情した。

「エレメントの十戒だ」タウレクが声を絞りだした。「まちがいない！　深淵の騎士の対抗者たちだ。ここゴルゲンゴルで、冷気エレメントが活動をはじめたのだ！」

エラートはぞっとした。からだがむずむずする。この事実に直面して、肉体を構成しているヴィールスが分解してしまいそうだ。目を閉じて、しばらくその感覚と戦った。

「混沌の勢力に、冷気エレメントか！」エラートはそういい、額をぬぐう。「ブルー族はゴルゲンゴルに原因があると考えているかもしれないが、武器を投入するのは無理だ！　そのことをシ＝イトに伝えなければ！」

タウレクはただ首を振るだけ。ゴルゲンゴルが従来の武器では破壊できないことはエラートも知っていた。物質化した不活性フィールドは、どのような攻撃をもはね返してしまう。すでに惑星の周囲を満たしている冷気にさえ抵抗力があるように思えた。

「急ぎましょう！」ヴィシュナが口をはさみ、操縦ピラミッドを指さした。タウレクは音声命令を発すると、突如《シゼル》を加速させ、《トリュリト・ティルル》の直近につけた。

「艦を内側から見て、事態が本当かどうか確認する！」タウレクはシ＝イトに連絡をとり、こういった。「きみはそこにいていい！　あいている格納庫をこちらで探知した。そこにわたしの小型機を物質化させる！」

＊

《トリュリト・ティルル》はすでに分解しかかっていた。冷気の影響がさらに強まったことの、愕然とする徴候だ。

エラートは《シゼル》のプラットフォームから格納庫の床に跳びおりた。

なにかがきしむ音がして、床に触れたところに埃《ほこり》がたったように見えたが、それは微細な霜柱だと気づいた。金属が凍りついてひび割れ、床に最初の破損が生じている。

周囲を凝視すると、格納庫の壁はゆがみ、かたちのない塊りとなっていた。無数の割れ目が生じ、かつて配線の一部だったものが、ひび割れた指のように壁から突きでている。天井はたわみ、きしんでいた。格納庫と通廊を分けているハッチがいやな音をたてて破裂し、凍った金属がばらばらに飛び散る。格納庫は地震のように揺れていた。《シゼル》の機器類を見ると、《トリュリト・ティルル》の外被が分解していくようすがわかる。壁と床は、水が氷になるときのように膨張し、艦殻が裂けそうになっていた。

温度はどんどんさがっている。《トリュリト・ティルル》内が絶対零度の領域に達するまで、もう長くはない。

「こちら、タウレク」と、コスモクラートの声がエラートにも聞こえた。タウレクは相《あ》いかわらず、操縦ピラミッド前の〝鞍〟にすわっている。「聞こえるか、シ＝イト？」

もちろん聞こえているにちがいない。依然としてタウレクが《トリュリト・ティル》に通信用エネルギーを投入しているからだ。その方法はエラートには謎だが。

「聞こえます」と、シ＝イトの甲高い声。「外はどんなようすですか？　われわれの機器類ではもうなにも受信できません。どうか助言を！　こちらの医療ステーションは患者で満杯です。最初の重症凍傷患者が出はじめ、医療ロボットによる手足の切断を迫られています。ですが、それができるのは患者を暖かい室内に入れられる場合だけでして、それができなければ凍死です！」

「なんとかなる」と、タウレク。「そちらの救難信号を受けて、きみの艦隊の百八十隻およびガタスからの伝令船二十隻がいま航行中だ。到着まであとわずか数時間！」

「しかし、わが艦隊はここの状況を知っているはず！」シ＝イトが興奮してさえずる。「理解できません。なんと無責任な艦長たちなのか……」

「いや！」タウレクが制する。「冷気フィールドのせいで通信がすべて妨害されているのだ。かれらはきみたちがもう死んだと思っている。もうすこしだけがんばれ！」

「もう限界です！」と、シ＝イト。「あなたがこちらのスクリーンに投影した映像が正しければ、もうおしまいです！」

エラートは格納庫内を駆けた。足の下で床が割れる。《シゼル》もまた、反重力フィールドで浮遊しているというのに揺れていた。だが、目の錯覚だということはエラートにもわかる。小型機の下にある床が揺れているせいだ。

エラートは格納庫内の、ある場所まで行った。そこから、シ＝イトがうつっているスクリーンのプロジェクションが見える。その直後、画面が変わり、ブルー族が放棄した艦四隻がうつった。

その輪郭はゆがんでいた。まるで強烈な重力フィールドに捕まったかのようだ。

「温度が絶対零度より下になった」と、タウレクの声。「こうなると予感していた。まちがいない！」

ブルー艦が次々に消えていく。それらはもう、いままで属していた宇宙における条件を満たさなくなったため、どこかべつの存在平面に放出されてしまったのだ。のこったのは、わずかな塵だけ。それもあっという間に、膨張する冷気にのみこまれた。

「おしまいだ！」エラートの耳にとどいたシ＝イトの声には抑揚がなかった。「《シゼル》は何名の乗員を収容できますか、タウレク？」

「二、三十名が限界だ。でも、辛抱しろ！　ブルー艦隊が航行中だし、LFTの球型巡洋艦一隻も向かっている。きみたちを救出するぞ！」

通信が途絶。タウレクはふたたび操縦ピラミッドのほうを向く。エラートはヴィシュナに声をかけられ、《シゼル》の制御プラットフォームにもどった。

「LFTの巡洋艦が一隻か。先が思いやられる」と、エラート。「あなたがゴルゲンゴルにのこしてきた送信機が発するシグナルに、だれもが注意を引きつけられるようだ！　これはよくない！」

「なぜだ？」タウレクは不満げだった。

「多くの艦船が罠にはまることになる。送信機を作動停止しなければ！」

「いまはそんな時間ないわ！」ヴィシュナが叫んだ。「《トリュリト・ティルル》の周囲で温度が急降下している。〝マイナス宇宙〟への墜落がここにも迫っているということ。それには抵抗できない。ブルー族のためになにもできないのなら、ここを去りましょう！」

タウレクは操縦ピラミッドの上にかがみこんだ。そのとき格納庫が消え、周囲は漆黒の空虚空間になった。《シゼル》はじっとその場を動かない。

「LFTの艦と連絡をとろう」と、タウレク。「ブリーが乗っているだろうから！」

「その艦に警告を発してくれ！」と、エラートはもとめた。

7

その女は年輩でやせていた。着用しているのは、乗員が身につけているのと同じグリーンのコンビネーション。スクリーンの前でまっすぐに立っている。まるで、なにか衝撃的なことでも予見しているかのようだ。

レジナルド・ブルとジュリアン・ティフラーも、カメラにうつっている危険ゾーンでの視覚情報をじっと見ていた。

ブルー艦が攻撃を受けている。攻撃の種類と被害の程度についての情報はまだ入っていない。

探知機が円盤艦の一部隊をとらえたのは、《アイアン・メイデン》がリニア空間を出て、すぐに方位確認をしたときのこと。ブリーにしてみれば、そのあいだに充分、円盤艦隊とコンタクトをとることができた。艦隊指揮官と話そうとしたが、つながったのは首席通信士だった。相手は、指揮官が現在、危険ゾーンにいると伝えてきた。

ブリーはうなずいた。かれはブルー族の首席通信士に、自分たちは今後も艦隊といっしょにさらに前進するつもりだと伝えた。

ブリーはGAVÖKフォーラムでの自分の言葉を思いだしていた。ゴルゲンゴル近くで起きている件については、ハンザ司令部とLFTがとりくむと断言したのだ。そういいながら、同時に、この問題は解決できるだろうと考えていた。だから、どんなことがあってもタウレクを見つけなければならない。

だが、《アイアン・メイデン》の探知機が能力のかぎりをつくしても、《シゼル》の手がかりは得られなかった。ブリーは不満だったし、白髪まじりの女艦長が自分のほうを探るような目でちらりと見るたびに、反発を感じた。

アセンギルド・チェーンは右肩にいつも〝マスコット〟を乗せている。惑星アツィルクの原住生物であるホエイモムシで、名前はゴリアテ。その声はまさに、ライオンの群れが吠えるようにすさまじい。体長は三十センチメートルしかなく、白とピンクの水玉模様がついている。かたちは地球のイモムシに似ているが、まったくべつの生命形態だ。

それがものすごい吠え声をあげるものだから、司令室内にいる人たちは反重力シャフトに逃げこんでしまうほど。

だが、いまはゴリアテもしずかにしていた。怪しいほどしずかだ。一時間以上、ひと声も発していない。

ブルー族の首席通信士が連絡してきて、敵についていままでにわかったことをブリーに伝えた。

冷気を武器に持つ相手か、と、ブリーは考えた。想像を絶する武器だ。ゴルゲンゴルが原因としか考えられない。

むろんタウレクはゴルゲンゴルの諸設備について一部しか知らないが、もうすでに冷気の破壊的な影響を排除しようと試みているだろう。

「ギルディ」と、ブリーが声をかける。「あとどのくらいかかる?」

艦長は手をあげて、三本の指を立てた。その肩でホエイモムシが動いている。ブリーは両手で耳をおさえようとしたが、アセンギルド・チェーンはほほえんだだけ。

あと三光年だ。罠に到達するまで、あとわずか数秒。

ブリーがティフラーのほうを向く。首席テラナーは一探知士と話していたが、話を終えると横にいる友を見た。

「このあいだに五十隻になりました」と、ティフラーがいった。「冷気ゾーンが膨張しています。膨張の速度が増しているようです!」

ブルは思わず歯ぎしりした。ゴルゲンゴルの炎を活性化して無限アルマダにコースをしめしたのは数日前のこと。なのに、いまや近くを通ろうとするあらゆる艦船にとって破滅的な危険が、この孤絶した惑星から出ているように見える。ゴルゲンゴルの周辺が宇宙の巨大な罠になってしまった。

銀河系船団と無限アルマダにとっての罠に！

「シンクロン機動に入る！」ブルがいうと、アセンギルド・チェーンがその指示をブルー艦に伝えた。《アイアン・メイデン》はブルー艦隊と同時にハイパー空間にもぐり、とりきめた距離をおいて通常空間に復帰した。

即座に警報がけたたましく鳴る。アセンギルド・チェーンは二、三の命令を発した。球型艦は方向転換し、ゴルゲンゴルに対して外接するコースをとる。そのとき、通信機が鳴った。

「タウレクからです！」通信士がいった。

ブリーはひとっ跳びで装置の前にうつり、ひとつ目の顔がうつっているスクリーンを凝視した。タウレクのそばかすが黒みを帯びて不吉に見える。その顔からは若者らしさや屈託のなさがすっかり失われ、疲れはてた老人のようだ。ブリーは肝をつぶした。まさか、ブルー族を襲っている冷気に対抗する策がないということではなかろうな？

「ブリー」タウレクの声。「絶対に近づいてはいけないぞ。この危険は、以前まではまだ予測がついたが、いまやすべて手遅れになった。ブルー族には自分たちで救えるものを救ってもらうしかない。わたしにはかれらを助けられない！」

「どういうことだ？」ブリーは叫んだ。このコスモクラートは、これまでも謎めいた言葉を発してきたものだが、いまの状況でそうするのは間違っている。

「冷気エレメントがとうとう物質化した」と、タウレクが告げる。「そちらのスクリーンでも見えるかもしれない。冷気エレメントが、われわれの宇宙に侵入する道を発見したのだ。今後は全方向にひろがっていくだろう！」

「なんてことだ！　とても信じられない！」

ブリーは訴えるようにスクリーンを指さした。ゴルゲンゴル周辺の宇宙空間が、無数の冷たく硬い光点からなる雲のひろがりにおおわれている。その光は目に痛いほどだ。

《アイアン・メイデン》の司令室内に悲鳴が響く。

「冷気エレメントは異宇宙からの影響だ」と、タウレクがつづけた。「そこでの絶対零度は摂氏マイナス二七三・一五度ではなく、マイナス九六一度。冷気エレメントに襲われたものは絶対零度まで下降したのち、われわれの宇宙から消えてしまう。ブルー艦四隻はすでにその運命に見舞われた！」

「恐ろしい！」アセンギルド・チェーンの声が震えている。ホエイモムシが恐怖の絶叫をあげはじめた。タウレクがつづける。

「熱を発するものはなにもかも冷気エレメントに襲われる。だから逃げるしかない。もう、これがわれわれの宇宙に入ってくるのを封じこめることはできないのだ！」

ブリーには、タウレクが話している短いあいだにも冷気の雲が膨張したように見えた。冷気エレメントが銀河系を襲撃したらどうなるのか？　太陽と惑星が冷えきったのち消えてしまう光景を想像する。銀河系内の生命体は全滅するだろう。銀河間にいる多くの宇宙船にとっては、冷気エレメントは死の罠となる。方位探知できなくなり、好奇心から、光る雲におびきよせられてしまうだろう。

「わかった」と、ブリー。「引き返すとしよう。ブルー艦隊にはロボット艇を派遣する！」

「手遅れです！」だれかの声。ふたたびサイレンが鳴りひびく。「艦内のいくつかのセクションに冷気が侵入してきました！」

ブリーはひと目で状況を概観した。かれはアセンギルド・チェーンの横にうつり、いくつかのセンサーに触れた。

「こちら、ブル！」と、マイクロフォンに向かっていう。「全乗員は即刻、セラン防護服を着用せよ。《アイアン・メイデン》を避難させる場合にそなえて！」

またしてもブリーがタウレクのほうを向く。

「よく聞いてくれ！　われわれは計画を実施する。円盤艦隊の一部を危険ゾーン外に移動させ、そこでこちらの救援を待機させる！」

「そんな時間はない！」タウレクの声が弱々しい。「冷気エレメントはいまやパワー全開だ。ブルー族の遭難した艦を避難させる前に、きみたち自身が凍死してしまうぞ！」

「で、あなたは？　ヴィシュナとエラートは？　それから《シゼル》はどうなる？」

「マイナス宇宙に行けば《シゼル》も引き裂かれるさ、ブリー。だが、われわれはすでに危険ゾーン外にいる！　そちらは即座に引き返せ！　そうしないと駆動装置がだめになり、ハイパー空間オープナーが破裂してしまう！」

ブリーが額の汗をぬぐう。タウレクの話を聞いて、頭がくらくらした。なにもできないような麻痺感が襲ってきて、寒さを感じはじめる。なぜだろうとぼんやり考えているうち、ホエイモムシの吠え声でようやく物思いからさめた。三十秒ほど考えたのち、自分が命令したことを思いだす。壁の棚に駆けより、セラン防護服をつかんで急いで着用。セランの暖房スイッチを入れ、ヘルメットを閉じる。快適な暖かさにつつまれた。だが、この暖かさは長くはもたないはず。そのあとはどうする？

ブルはブルー艦隊との会議用通信をオンにした。かれらの会話の一部を漏れ聞いて、はっとする。暖房の問題が解決されたといっていたからだ。ブリーはティフラーとアセンギルドのほうを向いてこういった。

「ツュイグリュイリイとやらがからだを温めるそうだ。人工的に製造できないか？」

「それはブルー族に訊くのがいちばんでしょう！」と、ティフラー。

タウレクの笑い声が聞こえた。かれが通信をつなぎっぱなしにしていたことが、それでわかった。

「ツュイグリュイリイはブルー族の飲み物だ。原料はメチルアルコールだぞ」ひとつ目の声が球型艦の司令室内に響きわたる。

「それじゃ話にならん！」ブルは顔色を失った。「この艦にいる者は、しらふで凍えることになりそうだな。ツュイグリュイリイもないし！」

艦にはもちろんある程度のアルコールは積まれてはいたが、ごくわずかであり、全乗員がたっぷり飲むほどの量はない。

つまり、打つ手はないということ。凍死の脅威は刻々と近づいていた。

＊

シ＝イトは助けを期待しながら待っていたが、司令室の外壁が割れるのを見て、その思いが消えそうになった。うろうろして、司令室内を見通そうとする。影がひとつ、前をよぎり、だれかがヘルメットについた霜をとりはらってくれた。おかげで、すくなくとも前方の視野は開けた。

航法士のギュルガニィだった。彼女がシ＝イトに席を立つよう合図する。かれがなにか甲高い声を出すと、彼女はそれにゆっくり応えた。

いま思えば、ブルー族の大半が超音波領域で意思疎通できるのは便利だ。通信機も不要だし、ヘルメットも閉じたままでも大丈夫。しかし、そうした会話は一定距離以内にかぎられていた。

「この艦の外側セクターの多くは失われました」と、《ユィルミュ・ヴァンタジイ》の主任操縦士がいう。「どんどん破裂個所が増えています。ガルファニイは消息不明の乗員数名を探している最中です!」

シ=イトのでっぷりした腹が鈍く鳴った。かれは、自分がずいぶん長いあいだなにも食べていないことに気づいてびっくりした。冷たい衝撃が熱いシャワーのように、凍えたからだの爪先にまではしる。かれは咳ばらいをし、アルコールを探した。缶は見つかりはしたが、空だ。だれもそれを満たすことはできない。酒のタンクが置かれていたセクターが失われてしまったのだ。タンクは壊れ、貴重なツュイグリュイリイは空虚空間のどこかへ漂いでて細かな結晶となって凝縮し、マイナス宇宙で消滅した。

「もうおしまいだ!」シ=イトは金切り声をあげた。過去の自分の英雄的行為を思いだし、哀愁を感じる。自分がおかした罪もすべて思いだした。今回もし救出されたら、運命のよき被造物に、これまでブルー族が捧げたなかでもっとも盛大な供物《くもつ》を捧げよう。いまのみじめな状況から気をそらすため、供物のメニューもすでに考えてある。

だがそこで、同胞たちのさえずりに思考をじゃまされた。かれらはいままでみごとに危機をしのいできたもの。自分もその種族の一員だと、あらためてシ=イトは思った。

「心を強く持て!」シ=イトはそうつぶやき、何度かくりかえした。しかし、ガルファニイからの報告を受けて、すぐにまた黙りこんでしまった。

「見つかりませんでした！」

もうどうしようもない。《トリュリト・ティルル》は通常宇宙のはしに漂ってはいるが、いつ異宇宙にほうりだされるかわかったものではない。

ふたたびきしむ音、うなるような音が司令室内に響き、床がひどく揺れる。

シ＝イトはいままで、ぎこちなくも不動の姿勢でいたが、ついにバランスを失ってどさりと倒れこんだ。ヘルメットが床に触れてこすれ、金属音がする。シ＝イトは朦朧《もうろう》として横たわっていたが、しばらくして、立っている乗員がひとりもいないことに気づいた。全員が、割れた床に横になっている。その割れ目のひとつから、綿毛状の光るものが漂いでて、最後の非常用照明のぼんやりした明かりをおおった。

どこかでケーブルが破裂し、火花が散った。その後、司令室内も、艦内のそのほかすべての空間も漆黒の闇と化した。床が再度きしみ、十メートルにわたって裂けた。

真実の白い被造物よ！　応えてくれ。宇宙の黒い被造物よ、助けてくれ。終わりにしないでくれ。シ＝イトはそう祈った。

悲鳴が聞こえる。副操縦士のツィギュリだ。ありとあらゆる苦痛がこもった声。心理看護師などいなくても、それがなにを意味しているかはわかる。

自分の最期の姿が目に浮かんだ。壊れた呼吸装置を使ってできる最後の呼吸の数を、シ＝イトは数えた。

8

「ついにやられた!」

「ええ。宇宙の秩序に対して、混沌の勢力がまた勝利をおさめたということ!」

「きみもつい先ごろまで、そっちに属していたんだぞ!」

「わかってるわ。ことによるとエレメントの十戒は、あなたがわたしのネガティヴ成分を排除するのに成功したことと、セト=アポフィスが無力化されたことへの報いかもしれない」

タウレクの顔にはそっけない微笑が浮かぶが、ヴィシュナのほうはため息をついて、

「いつもそうね。今回の行動によってもあらたな災厄が生まれるでしょう。エレメントの十戒よりもっとひどいものが宇宙には存在する。混沌の勢力が支配する場所では、空間と次元の境界がまったくないのよ。それを調整しようとしても失敗するわ」

「われわれはいまなにをすればいい?」

コスモクラート二名は黙りこんだ。ふたりで目の前のスクリーンを見つめている。横

に立っていたエラートが口を開いた。

「炎の標識灯が動いている。いや、おちつきなく揺らめいている。あれも冷気エレメントに捕まってしまうぞ！」

「エレメントは完全に静止している。ゴルゲンゴルをとらえるのを待っているのだ。惑星はしだいに冷えている。絶対零度に達して炎の標識灯もろともマイナス世界に消えるのも、時間の問題だろう」タウレクは両手を操縦ピラミッドに置き、冷気エレメントそのものである、きらめく雲に《シゼル》をすこし近づけた。

「なにかしたくても、わたしには手段がない！」エラートが叫ぶ。「あなたたちはそれと反対で、手段があるのになにもしていない！」

「それは違うわよ、エルンスト」ヴィシュナがおだやかにいったので、エラートはまた即座に彼女の魅力にとらわれた。「わたしたちも、なにかしなければいけないとわかっている。起爆インパルスを使うしかないわ。結果的にどんな影響が出るかはわからないけど。本来なら、起爆インパルスは無限アルマダの到着後に使うべきなの。それによって、無限アルマダが銀河系を横断するコースを完全にコントロールできるのだから！」

「いったいなにを起爆するんだ？」なんの話か、エラートはまったくわからない。

「ゴルゲンゴルだ！」タウレクがあっさりいう。「われわれが消滅せずにすむ手段はそれしかない。起爆インパルスをあきらめることは許されない。むしろ、早すぎるリスクをおかそう。炎の標識灯は消してはならない！」

かれは横を向き、ヴィシュナの目を見つめた。

「リスクというのは、無限アルマダのコース決定を炎とクロノフォシルにまかせるようになることだ。あまりに多くの予測不能な事態が関連してくる。それによって、無責任にも、エレメントの十戒に利してしまうかもしれない」

「炎が失われてまったく制御不能になるよりはましよ。ゴルゲンゴルがマイナス世界に消えてしまえば、起爆インパルスを使うこともできなくなる！」

　こうして、力強きふたりは行動に踏みきる決断をした。ふたりがふたたび操縦ピラミッドに向かうのを見たエラートは、かれらの決断が実行されるだろうとわかった。

「クロノフォシルとは？」エラートはそう訊いたが、タウレクもヴィシュナも答えようとしない。ふたりは起爆インパルスに意識を集中していた。失敗は許されない。冷気エレメントを投入したことで、混沌の勢力は部分的ながら勝利をおさめたのだ。

　エラートはこれからどうなるのかと思った。起爆インパルスを使っても、たいして変わらないかもしれない。実行すれば、おそらくゴルゲンゴルに変化が起きるのだろう。それからインパルスが宇宙空間にはなたれ、いつかどこかでなにかに命中して、それを破壊する。だが、なにを？

　たとえそうなっても、ブルー艦五十隻近くの役にはたたない。そう考えると、エラートは胃のあたりが重くなった。自分の近くで大勢の知性体が死と格闘していると思うと、たまらない気分だ。間近に迫った起爆作業への好奇心がなければ、《シゼル》の内側に入りこみたいところだった。かれはタウレクとヴィシュナをふたたび見つめた。

「わが大いなる使命は、最初に思っていたより困難になった！」タウレクが小声でそういった。エラートが見ている前で、タウレクの指先が操縦ピラミッドの、台形の一フィールドにゆっくりと置かれた。

＊

ブリーが情けない顔をしたので、ティフラーは思わず口をゆがめた。ブリーは腕をあげ、セラン防護服の手袋でティフラーの肩をたたいた。ふたりともヘルメットはずっと閉めてあった。

「もうすぐ終わります」ティフラーが通信で伝えた。「ロボット艇がもどってきたら、われわれは即座に去るとしましょう！」

ブリーがかすれた咳をする。どんななぐさめの言葉も役にたたない。このあいだにかれらは、ブルー族を襲った冷気が球型艦内にも存在することを知ったのだ。あとは奇蹟を祈るのみ。銀河系への帰還など問題外だった。この冷気を引き連れていったら、銀河系に危機を持ちこんでしまうことになる。

司令室内の静寂が不安をあおる。いま、すくなくとも一回だけホエイモムシの悲鳴をがまんするためなら、ブリーはなんでもさしだしただろう。とはいえ、アセンギルド・チェーンはペットといっしょに自室に引きこもっている。

「閃光だ！」ある乗員の叫び声が響く。全員がそれを耳にしたが、だれひとり注目しようとしない。べつの者がこういうのがブリーの耳に聞こえてきた。

「きみの脳内には、しばしば閃光がはしるからな」

ところがその後、次々と同じ叫び声があがり、コーラスのようになった。ブリーは立ちあがり、スクリーンを凝視する。

いくつものちいさな閃光がゴルゲンゴルを光の環のようにとりかこんでいた。場所によっては炎の標識灯より明るい。

ブリーは前に身を乗りだし、スクリーンの部分拡大スイッチを入れた。いちばん最後にあらわれた閃光をじっと見たあと、ヘルメット・ヴァイザーをこすった。

ゴルゲンゴルが変化している。数秒で灼熱地獄と化し、スクリーン上で脈動して、とほうもない光の滝のようにエネルギーがあふれてきた。

《アイアン・メイデン》の走査機が焼き切れた。外のなにかが制御不能になっている。

すくなくともブリーはそう感じた。

「撤退！」かれは操縦士にそういった。「ロボット艇はあとで回収する！」

「待ってください！」

ティフラーがとめに入る。かれは自分のセランの表示から目をはなさない。

「暖かくなってきました！」三十秒後にかれはそういった。同時に、近傍の複数の艦でも温度の上昇が探知される。ブルー族のひとりが、通信経由で興奮しながらさえずった。

「すごい吸引力です。ゴルゲンゴルが熱を発し、磁石のように冷気を引きつけています。どんどん暖かくなっています！」

「このエネルギー性プロセスには、なんらかのしくみがあるはず」と、技術者のひとりが報告。「なにかが作動させられたのです！」

かれらは呪縛されたように、ゴルゲンゴルがエネルギーへと分解されていく現象を目で追った。むらさき色の炎の標識灯が見えなくなる。テラナーたちは、このプロセスで放出された熱量を測定。その値いが信じがたいほど高かったので、数人の科学者は首を振った。これほどのエネルギーは通常、いくつかの恒星が凝集するときくらいしか見られないもので、一惑星ではありえない。

「コスモクラートのしわざだ！」ブリーがそれだけ口ばしった。

かれらはゴルゲンゴルがゆっくり消えていき、その残滓が虚無に帰していく光景を、黙って見ていた。惑星の痕跡はなにもない。それと同時に、冷気エレメントは熱に吸収された。艦内がしだいに暖かくなる。エネルギー発生・供給装置が壊れなかった場所では、ふたたび機械が動きはじめた。ブルー艦隊は遭難した艦のほうに即座に向かい、それらと合流した。

ゴルゲンゴルは消滅した。炎の標識灯だけは以前と同じ場所に漂っていたが、前より膨張している。測定結果によると、発生したエネルギーを吸収して、より明るく力強く輝いていた。サイズも大きくなっている。

その直後、タウレクが連絡してきて、ブリーの注意をうながした。すべてのブルー艦と通信連絡をとったことをほのめかし、

「起爆インパルスを実行した」と、いう。「それによって炎の標識灯は消滅をまぬがれ、ブルー族数千名も死なずにすんだ。だが、起爆インパルスの実行が早すぎたせいで、銀河系を横断する無限アルマダのコースを決定するのはもはやヴィールス・インペリウムではなく、炎の標識灯とクロノフォシルになった。いま重要なのは、すべての艦船が可及的すみやかにこの空虚空間から撤退すること。冷気エレメントがエネルギーを結集すれば、たちまちまた拡大するぞ!」

「感謝する、タウレク!」ブリーはそれだけなんとか口にすると、セランのヘルメットをはねあげ、司令室内の空調装置から出てきた暖気を吸いこむ。「われわれはすぐスタートする。ロボット艇はあとで回収できるだろう。さしあたり、ブルー艦の格納庫内に入れておいてもらう!」

タウレクは人間のようなしぐさでうなずき、スクリーンから消えた。だが、通信接続は切っていない。

ブリーはぎくりとした。すぐうしろで吠え声がしたのだ。まるで、セランから発せられたみたいに聞こえる。すでに宇宙服を脱いだギルディが立っていた。その右肩の上に乗ったホエイモムシがすさまじい大音声を発している。

「終わりよければ、すべてよしですね」ギルディはそういったが、彼女の言葉はホエイモムシの騒音のためにほとんど聞こえなかった。ブリーの耳にだけは、なんとかとどいたというしだいだ。

「災厄ははじまったばかりだ」と、ブリー。「タウレクのいったことを正しく理解したとすれば、災厄は今後もつづく！」

そのすぐあとにタウレクが連絡してきて、かれの推測どおりだったことを証明した。タウレクは艦の乗員たちに向かって、銀河系諸種族にあらたな悪い知らせをとどけるようにと指示する。

「スクリーンを見ろ！」かれは人類とブルー族にいった。

巨大な炎の標識灯が動いていた。艦船を通りすぎ、銀河系の方向へとどんどん速度を増していく。同時に、ゴルゲンゴルがあった場所では、冷気エレメントがふたたびひろがっていた。それに気づいた艦船はあらためて後退し、冷気ゾーンが膨張しつづけるようすをはるか遠方から見つめた。きらめく雲はひろがりを見せ、数光日の距離まで拡大している。

「空虚空間にひろがっている」タウレクの言だ。「いまからは、銀河間にとどまる艦船は死すべき運命にあるということ。ついに冷気エレメントが目ざめたのだ。それをGAVÖKに伝えてもらいたい！」

ブリーは赤錆色の短髪をなでた。無理だ、というようなことをつぶやいて、

「かんたんにいうがね。わたしはそのためにあなたを探していたんだ、タウレク。GAVÖKはわたしがこの脅威を排除することを期待していて、わたしはあなたの助言をもとめてここにきた。だが、あなたにさえそれができないとは！」

「それができたら政治家も楽だろう！」タウレクがほほえんだ。「だが、いまはとにかく、なんとしても炎の標識灯を見失わないようにしなければ！」

ブルー族の艦隊が隊形をととのえた。二、三隻の円盤艦は曳航されていた。ひどく変形してしまったので修理する必要があるのだ。だが《トリュリト・ティィルル》は、ふたつのフランジつき駆動装置のおかげで自力で航行できた。ブリーはスクリーン上に、困惑して不安そうな一ブルー族を見た。かれのことを何度かペリー・ローダンと混同した相手だ。

「よく聞いてくれ、シ＝イト！」と、大声を出す。「われわれはいまからタウレクの言

葉にしたがって、炎の標識灯を追って航行する。ぶじを祝う宴会については、またあとで相談しよう。きみの神々と被造物たちに感謝しろよ。命を救ってくれたんだからな。ツュイグリュイリイよりも、よっぽどありがたい……いや、まあ、そういうことだ。われわれ、会議用通信はつないでおくとしよう！」

シ＝イトは了解する。その後ブリーは、自分のほうを一対の目で凝視しているようなブルー族の皿頭を何度もスクリーンで見ることになった。

《シゼル》とブルー艦隊と《アイアン・メイデン》はスタートし、危険な冷気エレメントをあとにする。ブリーは急いで二、三の宇宙ブイを銀河系の方向に射出した。この付近を航行するすべての艦船に危険を警告するためだ。

やがて炎の標識灯はリニア空間に入り、あとから行く艦船もそれにしたがった。

なぜ炎が銀河系に向かっているのか、その理由をかれらは知らない。タウレクの起爆インパルスの結果だろうと推測するばかりだった。

しかし、ブルー族もテラナーも覚悟していることがひとつある。それは、今後の情勢もかんたんではないだろうということ。

というのも、最終段階でタウレクがエレメントの十戒について語ったのだ。十戒というからには、エレメントは十ある。だが、これまでにわかったのは、そのうちひとつだけだった。

あとがきにかえて

畔上　司

ある昼下がり、私の目の前で、カラヤンが運転する赤いポルシェが、ザルツブルク祝祭大劇場の楽屋口駐車場に入っていった。そしてその日の晩、同劇場でのオペラがはねて、歌手やオーケストラ団員が三々五々散っていった時、カラヤンはただ一人、緞帳《どんちょう》の下がった舞台の袖にコート姿で現れ、客席を凝視した。コート姿はもちろん「もう終わりだよ」の意だが、わざわざ袖に出てくるのがいかにも彼らしい。

カラヤンはこうしたオペラ公演をヨーロッパでは数多く指揮したが、意外なことに日本でオペラを一度も振っていないらしい。来日回数は十指に余るほどだったのに、いつもオーケストラばかり振っていたということか。ベームやカルロス・クライバーと違い、カラヤンは頑として日本でオペラをやらなかったとしたら、それはなぜ？

私の推理では理由はこうだ。「完璧主義であり、オペラ指揮者だったから」

カラヤンと言うと、日本ではいまだにオーケストラ指揮者というイメージが強いようだが、せいぜいそれは彼の後半生、しかもその一部について言えることであって、まず彼がキャリアの基礎を築いたのはウルム、アーヘン、ベルリン(いずれもドイツ)の各歌劇場においてだった。そうした歌劇場で長年にわたり指揮の腕前を磨いていったのであって、もしオーケストラ指揮者という面を過大評価してしまうと彼の真価を誤解することになる。

彼が来日するようになった頃、わが国にはまともな歌劇場は皆無だったはずだ。しかしカラヤンは、自身でオペラ演出までやりたがる完璧主義の指揮者だったからきっと、「まともな歌劇場で自分が演出し、自分好みのオーケストラを自分が指揮して、ワーグナーよろしく総合芸術としてのオペラを作りたかった」のだろう。

だからヨーロッパでも、わざわざ春のザルツブルクに復活祭音楽祭を創設し、ベルリン・フィルをピットに入れてワーグナー中心のプログラムを組んだ。もちろんそういう経過になったのは、ワーグナーの聖地バイロイトとのつながりが長続きしなかったこと、そしてミラノやウィーンなどの歌劇場との関係が微妙だったからでもあるが、夏季のザルツブルク音楽祭では毎年ほぼ二作のオペラをウィーン・フィルと計十回ほど上演していた(それに比してコンサートは二、三回くらい)。だが彼にしてみれば十回くらいのオペラではまったく不十分だったのである。まさにオペラ指揮者の面目躍如。

ちなみにカラヤンはワーグナー（『ヴァルキューレ』と『ラインの黄金』）をニューヨークのメトロポリタン歌劇場で振ったことがある。だがこの『リング』企画はわずか二年で頓挫。オーケストラが、ザルツブルクの時のようにベルリン・フィルではなくメトロポリタンの管弦楽団だったせいのような気がするが、どうだろう？

私は、カラヤンが日本でオペラをやっていないということを知らないいまま、七〇〜八〇年代にベルリンやザルツブルクで彼が指揮するオペラや合唱曲（たとえばバッハの『ロ短調ミサ』）の会場に何度も通った。個人的な好みもあっていまだに忘れられないのは『ドン・カルロ』と『フィガロの結婚』、そして『時の終わりの劇』（オルフ作曲）。オルフは珍しいが、ザルツブルクの夏季音楽祭には新作オペラを初演する伝統があるためだろう。

カラヤンが何度も来日したのは、日欧間の飛行ルートが、南回り、モスクワ経由、アンカレッジ経由、そして直行便と変化していった時代である。自身がパイロットでもあったカラヤンは、日本でオペラを上演してみようと機内で考えたことがあったのだろうか？ この謎を、ベルリンのリサイタル会場でたまたま隣席になった田中路子さん（ヨーロッパで活躍された声楽家で、カラヤンとも親交があった方）に伺っておけばよかったと、今にして思う。

訳者略歴　1951年生，東京大学経済学部卒，英米独文学翻訳家　訳書『憎悪のインパルス』ダールトン&エルマー（早川書房刊），『バナナを逆からむいてみたら』ブラーム他多数

HM=Hayakawa Mystery
SF=Science Fiction
JA=Japanese Author
NV=Novel
NF=Nonfiction
FT=Fantasy

宇宙英雄ローダン・シリーズ〈591〉

冷気《れいき》のエレメント

〈SF2225〉

二〇一九年四月 二十日　印刷
二〇一九年四月二十五日　発行

（定価はカバーに表示してあります）

著者　マリアンネ・シドウ
　　　アルント・エルマー
訳者　畔《あぜ》上《がみ》司《つかさ》
発行者　早川　浩
発行所　株式会社 早川書房

郵便番号　一〇一 - 〇〇四六
東京都千代田区神田多町二ノ二
電話　〇三 - 三二五二 - 三一一一（大代表）
振替　〇〇一六〇 - 三 - 四七七九九
http://www.hayakawa-online.co.jp

印刷・信毎書籍印刷株式会社　製本・株式会社川島製本所
Printed and bound in Japan
ISBN978-4-15-012225-6 C0197